读客

读客外国小说文库

熊猫君激发个人成长

老妈的旅行箱

[荷兰] 恩斯特·凡德奎斯特 著
孙远 译

ERNEST VAN DER KWAST

MAMA TANDOORI

上海文艺出版社

“你可以写任何你想写的，

编造、扭转事实，可以改写历史，什么都行，

就是不能写我放弃了希望。”

我答应了她。

目录

两个旅行箱

Twee koffers

一切都是从两个旅行箱开始的。1969 年，我妈带着两个装满手链、项链和耳环的旅行箱来到了荷兰，在护士学校的一间宿舍里住下，当起了护士。她把箱子藏在了床底下。印度人总说那里是藏宝物最好的地方。我妈曾经跟我说过：“强盗是不会看床底下的。”而我爸在我的耳边轻声念道：“在印度几乎没什么人家有床。”

那两个箱子在我妈的床底下藏了好些年，直到我爸爱上了这个充满异域风情的女人——这就是我爸眼中的我妈。我爸是一个长着招风耳、不解风情的典型荷兰人。我不清楚他俩之间相识的细节，况且也不想知道，还是回到箱子的话题上去吧。有一天，那两个箱子搬到了鲜花大街上的一间小房子里，躺在了一张双人床下面。

我爸是医学生，他的那对招风耳整天就埋在书里。我妈是护士，上班赚钱保证家里的收入，好有钱买馕吃。我妈曾经对我说：“你爸穷得就跟新德里的老鼠一样。”那时我爸就会在我耳边轻声念道："要是我真的是新德里的一只老鼠就好啦。"

鲜花大街上的房子隔音效果很差，墙壁歪歪斜斜，房子里面的味道比我爸的胳肢窝还臭——至少我妈是这么说的。而现在已经没有办法验证这话的真实性了：大街上的房子都拆了，我爸妈原先住的地方盖起了高楼大厦。时间真是一个可怕的贪食者，一个永远都吃不饱的杂食动物。我爸胳肢窝的臭味是一点也没有减退，仿佛永远也不会消失一样。据我妈说，这跟我爸的工作有关。我爸是一名病理学解剖专家。

"这是什么味儿啊？"我妈经常在饭桌上问这个问题。

"嗯，"这时我爸就会说，"印度咖喱鸡味。"

我妈说："我闻到了尸体的味道！死人的味道把我弄得一点食欲都没有了。"

爸爸把鼻子凑近盘子，说："这印度咖喱鸡可真香啊。"

"是你胳肢窝的味道，"我妈说，"尸体的臭味都飘到你的胳肢窝里了！你得夹紧手臂，把胳肢窝合上！"

只要我一想起从前，眼前就会浮现出我爸坐在餐桌的主位上，手臂紧紧地贴在身上，刀叉悬在半空中的样子。小时候我从来没有去过爸爸上班的地方，就怕看见他整条手臂连同胳肢窝插在尸体里的样子。

住在鲜花大街上那座隔音效果极差、歪斜、恶臭的房子里并非长久之计，于是爸妈打算去找一座新房子。我妈在月里河小巷就找到了一座，位于鹿特丹的高级小区克拉林根。小巷的 81 号是一座三层别墅，外带一个大花园和一位租客格里森先生。我从来没见过那位格里森先生。我出生的时候，他一边尖叫着：“她是魔鬼！她是魔鬼！”，一边从房子里逃走了。

月里河小巷的那座房子很贵，不过我妈还是还价成功。我妈买什么都还价：衣服、家具、冰箱、洗衣机、鸡胸肉。还价是她的一种爱好，更确切地说，是一种运动。我的半个童年都是在商店和商场里度过的，等待着销售人员给商品降价。我记得在一家卖床的店里，我妈对店里的那个员工说：“在印度这价钱都能买一百张双层床了。”我得极力控制自己，不把印度根本没有双层床的事实说出来，一切按照我妈的吩咐做。我躺在一张床垫上，不收到我妈的指示，绝不起来。已经是下午四点半了，我们在店里足足待了六个小时。那个销售人员累得就跟打了 12 个回合拳击赛似的，我妈的脸上浮现出胜利的笑容，最终的成交价在原价的基础上打了两折。

卖月里河小巷那座房子的中介也被我妈打败了。情况是这样的，我妈想要用那两个旅行箱来换那座房子。中介完全不明白我妈的意思，说：“您只能用现金结账。”听了这话，我妈气坏了，大叫道：“你这是在羞辱我，在印度用这两个箱子能买下一整座城市了！”

中介的工作人员看着那两个箱子，额头上出现了深深的皱纹，眼神也越来越悲伤，也许心里正盘算着另找一份工作。我觉得，但凡遇到我妈的人，应该都下了同样的结论，觉得在人生的道路上选错了岔口，拐错了弯。

我妈把中介工作人员的沉默当作了赞同，数起箱子里的首饰来：鼻环、脚踝链子、手链、耳环、项链，竟然还有一个黄金皇冠。

中介工作人员绝望地看着我爸，不过我爸很清楚自己不该开口，只能呼吸和点头，而点头也只许在支持我妈的观点的时候出现。

中介员工小心翼翼地说出了房子的要价，我妈听了直摇头，把要价除以二，又减去一万，换算成卢比，再除以二，才说出了最终的结果。

我爸扶住了中介工作人员，在他耳边轻声念道："没事没事，一切都会好起来的，你就想着跟她结婚的人不是你就好了。"

后来他们又去看了好多房子，每一次我妈都试图砍价。中介工作人员倒是没有再次晕倒，只是在每一次看房后都要在房子前面的石头台阶上休息一下，看上去就跟打了12个回合拳击赛似的。

最后，我妈还是把两个箱子里的首饰全都卖给了鹿特丹最好的首饰店，用卖首饰换来的钱买下了月里河小巷81号。

对这笔交易提出疑问的人，可得具备极佳的反应能力，否则一不小心就会被我妈的擀面杖击中。我还记得小时候家里会时不时吃不上卷饼，就是因为擀面杖坏了。

我记得我爸当时的模样：经常举着一包冰块敷在额头上，嘴里一直抱怨着："我要是新德里的一只老鼠就好了，我要是新德里的一只老鼠就好了……"

在月里河小巷的房子里，爸妈的床下面已经没有旅行箱了，取而代之的是其他价值连城的东西，比如从长辈那里遗留下来的显微镜，还有好多袋大米。我爸终于毕业了，却拿着实习医生的工资。据我妈说那工资就跟孟买火车站行李搬运工赚的钱差不多。

我是在孟买出生的。我一直觉得我的两个哥哥在荷兰出生，而我在印度出生是个谜，还有就是为什么我妈在孟买生我的时候我爸却在鹿特丹。我猜这跟机票折扣有关。折扣对我妈来说有着无穷的魅力，就跟引逗公牛的红布一样。

这是我想象的情景：印度航空公司让小孩免费坐飞机。去程的时候买一张票三个人飞，回程的时候买一张票可以四个人一起飞。我爸得待在家里，这是他自愿的，并不是被我妈逼迫的。

我一从我妈肚子里出来，我叔叔夏尔马就给我爸打了电话。一开始我爸还以为我是个女孩。我妈说他就是个聋子，只听得见他自己想听到的东西，而我爸轻声在我耳边念道："电话里有鸟叫声。"我妈说："身体香露就是一个你爸从来都听不到的词，香皂也一样。'你能去洗个澡吗？'是一句你爸从来听不到的话。"

扯远了，让我们再次回到那两个旅行箱上。我妈用它们换来了克拉林根里一座威严的别墅。我爸妈住一楼和二楼，格里森先生住阁楼，一切都进展顺利，直到我妈学会了荷兰语里“租户保护政策”这个词。这个词是从格里森先生的嘴里冒出来的，我妈听了气急败坏，大叫道：“租户保护政策！”这个词从她嘴里说出来，仿佛是一种危险的性病，“从我的房子里滚出去！快，从我的房子里滚出去！”然而格里森先生并没有离开，而是又待了三天。

第一天，我妈在花园里烧黑色的垃圾袋。滚滚的黑烟飘向空中，我妈大声嚷嚷道：“鬼魂快走！格里森先生凶恶的灵魂快走！”凌晨三点，我妈拿着扫帚敲打天花板，还念起一段在印度送别临终病人的经文。

第二天，我妈去了克拉林根森林里的小农场，偷了些奶牛的粪便回来。她想要新鲜的粪便，差点就被别人识破了。因为当时一个小孩子突然大叫起来：“妈妈！妈妈！那个阿姨把贝拉[1]的大便装进包里了。”一到家，我妈就戴上了打扫卫生的橡皮手套，开始给楼上的租客做饼干。

第三天，格里森先生拉肚子，我妈拉了水闸，仍然不停地拿着扫帚敲天花板，念着那段印度传统经文。

第四天，我妈做了一顿丰盛的美餐来感谢印度众神，因为格里森先生突然搬走了。

1　贝拉：奶牛的名字。——编者注（本书如无特别说明，均为编者注）

就这样，那两个箱子的价值提升到一整幢没有租客的别墅。

* * *

我爸妈在月里河小巷里住了十年，家里也没有再添人口。我妈妈辞了工作，在家全职照顾三个儿子。我爸成了医生，赚着和“班加罗尔[1]人力车夫”差不多的工资。

我的童年还算不错，不过这也许是因为我还太小，很多事都还不明白。我以为我们拥有一个正常的家庭，以为每家都有一个跟我妈一样的妈和一个整天抱怨“要是我是一只老鼠就好了”的父亲，这个“老鼠”不是在新德里，就是在鹿特丹，又或者是在代芬特尔、古斯[2]。

大哥智商有问题，是家里唯一认为以下事件完全正常的人：坐在桌前、手臂紧贴身体的我爸，在花园里燃烧的垃圾袋，以及被擀面杖追打的中介工作人员。最后一个场面发生在卖房子的时候，准确地说是我爸妈搬来月里河小巷 81 号的十年后。

我妈看上了一座更好的房子，是一座有私人车库、花园和湖景的别墅。“这样的房子我们一辈子都买不起。”我爸说。我妈立刻反驳道：“是你一辈子都买不起。”

1　班加罗尔：印度南部城市。

2　代芬特尔、古斯：均为荷兰城市名。

我妈的计划是把月里河小巷的房子以高价卖出去，用赚到的钱去买那座别墅。这回他们雇了一个新的中介工作人员，已经不是先前那个把月里河小巷的房子卖给他们的人了。也许那个中介工作人员现在已经当起了图书管理员，每天徘徊在死亡般的沉寂中，徜徉在无边无际的书海里。

那个新的中介工作人员说我妈想要的卖价“不合理”，一开始我妈似乎不认识这个词，还去查字典来着，查完字典，就拿着擀面杖大叫着冲了进来：“不合理？给我滚出去！”那语气，就跟“不合理”是一种性病似的。

我爸看了，说：“快跑！”

中介工作人员立刻从椅子上跳起来，朝前门飞奔过去。

我大哥大叫起来：“加油妈妈，加油妈妈。”

我和二哥羞愧地沉默起来，从此也明白我们这一家并不是正常的一家。

那个中介工作人员再也没有回来，于是我妈决定靠自己的力量把房子卖了，每个星期都会有人从我们家飞奔出去。我妈小时候是一名优秀的运动员，床头柜上还摆着好些个大奖杯。奖杯都生锈了，然而我妈的腿还很健硕，都四十岁的人了，还能跟个小恶魔似的健步如飞。她有时候会抓住潜在买家的衣领，使出惯用的抱怨手段：“就这价钱，在印度还买不到一个铁盘子。”

家里的走廊都要被踏平了，这时，出现了一个老人，出的价钱在我妈看来完全可以接受。老人其实分别报了价格给我爸妈，而我妈总是有理的那个，于是就以别墅价钱的两倍卖掉了他们住的房子。我妈有可能是荷兰作家威廉·弗雷德里克·赫曼斯的家人。赫曼斯也总是有理的那个，经常为了钱而吵架，不过吵架的对象不是中介，而是出版商。我记得有一封关于出版预付款的信，格尔特·卢贝尔胡森——就是帮赫曼斯出书的“忙碌的蜜蜂出版社”的出版商——在一封信里写道：“我只是去掉一个零而已。”就冲这句话，我妈肯定能给出“极佳”的反应。她会拿着擀面杖冲进阿姆斯特丹的出版大楼里，把那个去掉的零打在卢贝尔胡森的脑袋上。

就这样，他们把别墅买了下来，我妈的一个朋友用一辆蓝色的小货车来帮他们搬家。专业的搬家公司太贵了，在印度，这些公司根本就不存在。那辆小破车在月里河小巷和第贝利亚斯小巷之间来来回回开了三十七趟。

在过去的十年里，我妈养成了一种可怕的收藏癖。她仿佛一名忠诚的士兵，极力地保护着垃圾。别人丢在街上的，我妈就把它们带回家。比如坏了的收音机，生锈的自行车，破旧的家具，全都被她拖回了月里河小巷。有一天她要把这些东西全都带到印度去，和那里的同胞一起分享这份快乐。这是我妈的一个梦想，她相信那些穷人、弃儿，除了一副身体架子什么都没有的人不管看到什么都会满心欢喜，就连一台没有了屏幕的电视机也不例外。

我妈那遥远的过去一片漆黑，我知之甚少，羞愧是一把锁，紧紧锁住了她的嘴巴。有时候她半夜醒来，因为梦见自己乞讨的样子——这已经是很多年前的事了。她张开嘴巴，一声尖叫，夜晚的黑暗仿佛成了一种抚慰，比起那因为过去的回忆而形成的黑暗要淡了好几百倍。

第贝利亚斯小巷的居民们害怕地躲在窗户后面，看着我们搬家。在他们眼里，那辆蓝色的小车就是一辆垃圾车。一堆又一堆的货物被运到房子前面的台阶上，很快就出现了一座电器、自行车和家具堆积而成的小山。而那座小山到了第二天早晨日出的时候仍然在台阶上。搬家已经持续了二十八个小时，每运一趟，我爸就嚷嚷道："我再也不搬家了！"

后来我爸妈又搬了三次家，准确地说是两次半。

在我的第一部小说问世的那一天，也就是 2005 年 2 月 24 日，我爸妈宣布他们要移民加拿大。多伦多的一家医院请我爸去那里就职，我妈觉得工资比之前强多了，对印度人来说还是挺可观的。

仿佛皇室家族一般，我爸妈坐了好多趟飞机去了多伦多。说他们像皇室，并不是因为他们折腾的路程，而是因为我妈光是打包箱子就用了三个月的时间。当我爸已经到达了大洋的彼岸，开始了在那里的工作和生活，我妈还在没日没夜地打包所有的收藏品。白天她骑车去鹿特丹超市，把超市里的空箱子全都拿回家，晚上就打包箱子。曾经装着巧克力、咖啡和水果的箱子，现在全都装满了我妈捡来的垃圾，从别人不要的电视机到骑破了的自行车坐垫。

当年，我妈是带着两个行李箱从印度出发的，而当她要出发去加拿大的时候，两个集装箱都不够。这次移民要带走的东西实在太多了，就跟要供给整个军队似的。

我爸在临时新家里欢迎我妈的到来。新家是一间公寓，所在的小区里经常有穿着皮裤的男人[1]出没。我爸根本就买不了房子，据我妈说他不够资格，这才被赶到一间出租公寓里。

我妈经常说："他就整天生活在男同性恋之间。"

"这里很便宜。"我爸说，他已经开始渐渐相信自己很穷的事实。简短地说，他的生活是这样的：他的妻子曾经带着珠宝从印度来到了荷兰，买了一座房子，接着又买了两座。而他拿着博帕尔[2]的裁缝的工资……这个故事维持着我们家的安静祥和，这样我爸就能跟其他爸爸一样，坐在沙发上看报，不用遭受擀面杖的侵袭。

很快我妈就找到了一个新的住处，在布洛尔大街上，位于得体的罗斯代尔小区，一个拥有游泳池、健身房和图书馆的小区。这次搬家造成了四个电梯严重的堵塞，一整天无数个箱子被运到二十三楼。一个年纪较大的女人问我妈："您这是要开超市吗？"而看门的大叔可机警多了，一下子就看出我妈是个什么样的女人，一见到这样的人最好的办法就是赶紧逃走。

---

1 穿着皮裤的男人：这里指的是男同性恋。

2 博帕尔：印度城市。

乔治是个个头矮小的老人，戴着一副象牙眼镜，整天坐在小区办公室的接待处。他的工作是欢迎居民（“早上好，韩德森女士！祝您有个好心情，格林诺先生！”），还有就是偶尔接听电话。对乔治来说，这份工作简直完美，他可以整天坐在椅子上。时间就这样一分一秒地过去了，他退休的日子也越来越近。直到我妈出现在他面前。跟其他的小区居民一样，我妈也得缴物业费，不过是唯一下了“看门大叔其实就是个奴仆”的结论的人，换句话说，看门大叔不过是印度有钱人家的高级奴隶罢了。

“乔治啊，”我妈命令道，“你能把这些香蕉包装箱送到我们家去吗？”要不就是：“我养的花儿就要死了，你可别忘了给它们浇水啊。”还有：“那什么，我老公又得买身体香露了。”

后果是，乔治只要听到我妈的声音回荡在铺着大理石的回廊里，就会躲起来。乔治不是唯一的看门大叔，而碰到其他人轮班，我妈就只会问：“你们知道乔治在哪儿吗？”这时其他看门的大叔就会说，乔治要到下午或者晚上才会来。

很多个寒冷的冬天和漫长的夏天过去了，这时乔治迎来了一生中最好的消息：我爸妈要搬走了。那时乔治正坐在前台，听见我妈跟一个女邻居说：“我们要搬家了。”说着还介绍起新房子来：两间浴室、高高的天花板，还有一间日光浴室。当我妈说“当然了，我们会非常想念乔治的……”时，乔治立刻从椅子上跳起来，眼里噙着泪水。

在罗斯代尔小区住了三年，我妈觉得是时候搬家了。她发现了一座全新的豪华公寓，就在西奈山医院的旁边。住到那儿，我爸就能走着去上班了。现在他每天得骑二十分钟自行车，穿梭于这个百万人口的大都市，下雪天和零下 15 摄氏度的天气也不例外。（自行车是我妈在罗斯代尔小区的车库里偷的。车库里有两辆破旧的自行车，坐垫上覆盖着一层厚厚的灰尘。正好，一辆给我妈，一辆给我爸。我一闭上眼睛，就看见一把被锯子锯开的锁。我爸站在一旁等着，嘴里念念有词，祈求印度众神："让我老婆的智商快快还原吧。"而我妈正勇往直前地继续偷车。我一睁开眼睛，眼前就浮现出这些文字，同时希望自己没有做错什么，毕竟我还是要维护我爸妈的。）

当乔治一天天好起来的时候，我爸妈找到了一个项目开发商，挑选了浴室的大理石、木地板和墙面的颜色。就连厨房也能根据自己的意愿来设计：厨房的桌面可以是花岗岩的，也可以是大理石的；橱柜可以是红色的，也可以是柠檬黄的。四个月后一切准备就绪，那个位于四十层的崭新公寓终于交房了。

然而，我爸妈并没有搬家，对外他们一直声称是因为公寓的客厅太小，新游泳池没有窗户，还有就是几乎所有的邻居都不会说荷兰语或印度语。我妈对这类人并没有什么成见，只是不喜欢不懂她的人。只要身边有几个这样的人存在，就可以超过我妈对所有这类人加在一起的"成见"。

而他们不搬家的真正原因是我妈觉得搬家太贵了。从鹿特丹到多伦多的搬家费用是我爸的单位出的，而在多伦多市内搬家就得自己掏腰包了。当我妈看到专业搬家公司的报价时，以最快的速度丢掉了手中的房钥匙。中国有句俗语叫“捡了芝麻丢了西瓜”，用这句话来总结我妈的经营理念简直完美，我爸的命运也由此越来越悲催。

幸运的是，他们在罗斯代尔的公寓还没有卖掉。乔治知道了，伤透了心。当他听我妈说“我有一个大好消息，我们不搬走了”的时候，一下子瘫倒下去，在医院里躺了一个星期。出院后又回到了原来的岗位，可是再也没有回到从前那个生龙活虎的样子。

我妈又开始找新的中介，她不想跟那个原本要把他们在罗斯代尔的公寓卖掉的中介合作了，逻辑这回事在印度是不存在的。

很快，我妈就找到了一个新中介，只是找到卖家就没那么容易了。美国的报纸上已经出现了人们付不起贷款的新闻，而我妈的要价比房子的原价高出了十万美金。“这是整栋楼里唯一出售的公寓。”这是我妈给出的理由。中介的工作人员吓了一跳，把目光投向了我爸。而他还跟从前一样，不许说话。

结果奇迹还是出现了，七个月以后公寓居然卖掉了，是一个上海的百万富翁给他的女儿买的。那个女儿在不远的将来会走在我爸妈挑选的核桃木地板上，打开放得下好多锅子的红色橱柜，而那些锅子有着很好的防烫功能；洗完澡后会踩在我爸梦寐以求的浴室的灰色大理石上。

就这样，那两个行李箱又增值了10万美金。

我妈又去看了一座公寓，当时我爸在欧洲出差，顺便来意大利看我。他第一次把孙子抱在怀里，孙子就吐了他一身。我妈在电话里说："那是尸体的味道。"我爸在他的孙子耳边轻声念道："只要别跟印度女人结婚，你就会幸福一辈子。"

我那一个半月的儿子，小手像海星似的，瞪大眼睛直愣愣地看着前方。他什么也不明白，现在听到的看到的一切，将来全都会忘记。以后我会告诉他，他的奶奶因为嫌机票贵，不来看自己的孙子，与此同时却在跟一个中介看一座大房子。吃饭的时候，我爸说："她又看中了一座房子。"说这话的时候，他的手臂是放松的，然而刀叉仍然不利索地悬在半空中，还接着说："那房子要价300万美金。"

我闭上眼睛，看到了我妈。她把偷来的自行车停靠在公寓楼的墙上，弯下腰解开裤腿上的橡皮筋。橡皮筋是用来防止裤子卷进链条里的。中介的工作人员正在耀眼的大厅里等我妈。她赶紧把橡皮筋塞进了口袋里，跟中介的工作人员握了握手。没过多久，两人就上了电梯，噌噌噌地上了楼。中介的工作人员打开大门，这时一片广阔的空间出现在我妈眼前。我妈走了进去，就在楼价飙升、信用危机的时候，我妈参观了浴室、卧室、精美的厨房，还有可以看到安大略湖景的客厅。

没有人真正看到过那两个旅行箱里的东西：珠宝、手链、项链，还有耳环。

“真漂亮。”我妈说。

最后一张嘴

De laatste mond

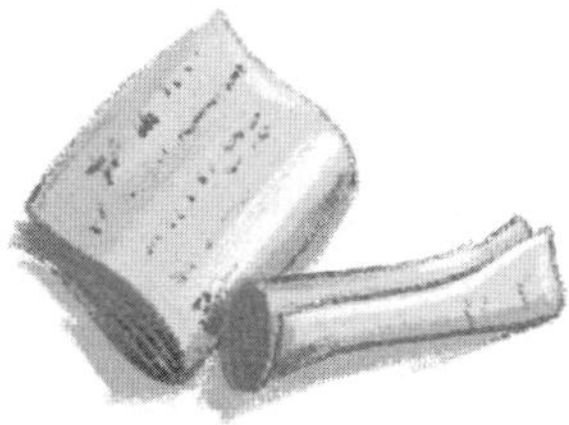

我妈曾经两次上过报纸的头条，还有一次差点儿就上了。第一次是 1966 年，在她出发来荷兰的三年前。《印度时报》在报纸上印了一张照片，几个护士围在一个即将离世的著名电影明星的床边，其中一个护士就是我妈。更准确地说，其中一团灰色的烟雾就是我妈。报纸掉色了，照片也失去了原有的清晰度，剩下的只有一大团黑色（那个电影明星）和好多小灰点（六七个漂亮的印度护士）。这期《印度时报》被保存在了银行的保险柜里。

只有在极少数的情况下，我妈才会把报纸从保险柜里取回来，拿给客人看。来我们家做客的人基本上可以分成两类：看不到《印度时报》头条的人和要把报纸头条当作神像来认真研究的人。通常情况下，客人都会指错灰色的小点，而我妈从来不去纠正。她自豪得很，不屑于纠正。

我知道我妈是哪个灰点，她曾经在我耳边轻声说过：“你看那些不断发光的灰色的点，那就是我。我当时正抓着普利特维拉·卡浦尔的手呢。”我妈是那群灰色的点点里离床最近的一个。

而另一个报纸头条被藏得很严实，谁都不许看。我也就只见过一次，是在报纸被送来的那天，1996年12月12日，星期四。我记得那天很冷，风很猛，刮起来跟一把大镰刀似的，有人在克拉林湖的湖面上滑冰。我跟邻居借了双溜冰鞋，把自己妄想成巴特·费尔德坎普[1]。我妈和我大哥在一旁看着。我大哥不会滑冰，也不会看书、写字、算算数和看时钟，不过很擅长打喷嚏，有时候能连打十几个。

1996年12月12日，我大哥又打起喷嚏来。每隔几秒钟，他的鼻子就要爆发一次，每隔一分钟克拉林湖面上就会响起一阵号角声，那是我哥用外套的袖子擤鼻涕的声音。

有一次我们在一家餐厅里，主餐塔克饼配豆子和酸奶油上桌的时候，我哥的喷嚏又爆发了。我们每次出去吃饭，去的都是同一家墨西哥餐厅——位于老港口的波波卡特佩特餐厅。出门前，每个人都要喝半升自来水，因为在餐厅吃饭的时候，我们是不许点饮料的，我妈觉得餐厅里的饮料贵到离谱。那里一小杯可乐的价钱，可以在超市里买两瓶一升半的可乐，打折的时候说不定还可以买三瓶。要是服务员来到桌前，问我们要不要开胃酒，我们必须一

1　巴特·费尔德坎普：荷兰速滑运动员，曾是荷兰男子速滑冠军。

致说“不”，就连我爸也不例外。我妈觉得饭菜也贵，不过到了餐厅不吃饭是不现实的。

在我那童年的餐厅——波波卡特佩特餐厅里，我大哥不停地打起喷嚏来。服务员祝我们用餐愉快，这时一摊鼻涕飞向空中，落在了塔克饼上。

“没事儿，吃不出来的。”我妈一边说，一边若无其事地吃了起来。

我大哥也吃了一口，不过又很快把嘴里的东西喷了出来。

我爸失去了耐心，生气了，说：“快别打喷嚏了，快停下。”

“不是我，”我那个不会读书、写字、算算数和看时钟的大哥说，“是他。”一边说，一边用手指着自己的身体。

* * *

我妈没看见那个摄影师，他就像捕获猎物的猛兽一般绕过了我们。“一个棕色皮肤的女人，”我妈一边说，一边拿着报纸在手里晃，“他想拍一个站在雪地里的棕色皮肤的女人！”

“文森特·门泽尔，”我爸骄傲地说，“是文森特·门泽尔拍的你！”

“谁？”

“文森特·门泽尔，他给女王拍过照。”

“要是让我逮到文森特·门泽尔，”我妈大声嚷嚷道，“看我不用擀面杖打他的头。”

问题的关键是，照片上的我妈看起来有些落魄，衣服零零落落地挂在身上。我妈是一个非常节俭的印度小女人。以色列作家梅厄·沙莱夫曾经在《我的耶路撒冷》里写道：“用洗澡水洗衣服，用洗衣服的水拖地，再用拖地的水浇花。”1996 年 12 月 12 日我妈穿的衣服，一开始是我大哥穿的，后来给了我二哥，然后又让我在花园里和工地上“折磨”了好久。在《新鹿特丹商业报》的首页上，我妈穿的那破衣裳大概就连乞丐也不会穿。照片上，我大哥鼻涕邋遢，下巴上、外套上和手套上全都是鼻涕。

“我怎么还有脸出门？”我妈爆发了。我们当时住在克拉林根的第贝利亚斯小巷里，要知道这里的每个人都是《新鹿特丹商业报》的忠实读者。这下所有人都见识过我妈了，那个穿着破衣服的棕色皮肤的女人，那个她不想成为却又时不时成为的女人。历史的力量是无法抵挡的。贫穷、战争，还有九个哥哥姐姐在我妈的性格里留下的不只是一道刮痕。

“我是那最后一张嘴。”我妈曾经这样跟我说，然后就继续小声念叨侵占了他们一家住的地方的穆斯林。在那个困难的时代，我妈是家里的第十个孩子。她那时才三周大，全家人就得去逃难。我妈的妈妈压力太大，没有奶水。那最后一张嘴想要吃的，却什么也没有，连一滴奶水也没有。我那刚出生的妈是被一只山羊救活的。她的大姐把她带去了一只山羊那里，每天都要在那里喝好几次奶，就直接把我妈的嘴巴对着山羊的奶头喝。就这样，我妈有了个小名，叫“扑哧”，她的九个哥哥姐姐一直是这么叫她的，那是喝山羊奶的时候发出的声音：扑哧、扑哧、扑哧。这是一个一直跟随着我的故事，让我知道我的家庭起源。

数年后我也出现在文森特·门泽尔的照片上，是为了话剧节的节目单而拍的。整个夏天我要参加一个文学项目，朗诵自己的作品，要去鹿特丹、海牙、乌特勒支[1]，还有阿姆斯特丹。相机的闪光灯亮起的时候，我的嘴角慢慢出现了一丝微笑。

“很好，”门泽尔说，“很好，很自然。”

那时，我想起了拿着擀面杖、置身于战场的老妈。

还有一次我妈差点儿就上了报纸头条。这次的报纸名气比较小，不是《新鹿特丹商业报》，也不是《印度时报》，而是小区的报纸《克拉林根之星》，每个星期会被送到各个居民家。什么老人百岁生日，邻居家的橘猫跑丢，香料商和肉店的广告以及各种折扣的消息都会登在报纸上。这是我妈最喜欢看的报纸，她每个星期都会如饥似渴地趴在报纸上看半天。

1　乌特勒支：荷兰城市。

在破旧的报纸头条上登着一张骑着女士自行车的白种女人的照片，车龙头上挂满了购物袋。这个女人是安斯·德鲁特尔，是邓同超市的最后一个顾客。邓同超市原本是一个小杂货店，经营了三十年后，摇身变成了大超市的连锁店，仿佛一条巨大的贪吃蛇。每天邓同超市关门前，店里常有各种各样的促销。

《克拉林根之星》对那个照片上的女人进行了简短的采访，主要是关心车龙头上的那些购物袋里都装着些什么。

《克拉林根之星》的记者问："您都买了些什么呀？"

安斯·德鲁特尔说："尽可能多买些呗。"

原来这个世界上还有一个跟我妈一样的女人。

"可怜的德鲁特尔先生。"我爸嘟囔道。

在采访的最后她也提到了我妈，说我妈在邓同超市已经买了二十年的东西，超市里的每个人，从装货的工人到收银员都认识她。她很希望成为店里的最后一名顾客，可惜这个荣誉落到了别人头上。

那个人就是安斯·德鲁特尔。

报纸刚被送来，我妈就用印度语破口大骂。我的印度语不好，不过骂起人来可溜得很。我妈想给我们一个美好的未来，所以一直跟我们说荷兰语，甚至有时候还学邻居阿姨们发大舌音。然而有时候，那些七七八八的社会地位的门槛消失不见的时候，我妈嘴里就会爆出一连串印度语里骂人的话。也许我和哥哥们是世界上仅有的几个知道印度语里非婚生子女怎么说却不会用印度语问厕所在哪儿的孩子。

现在美好的未来到来了，我的衣服都没有被别人穿过，我的嘴巴里也总有吃的，然而未来似乎不够美好，仿佛永远都不够好的样子。我没有变成我妈期盼的那个人，比如医生、律师、会计师。每次我妈和邻居聊天，提起这些词应该都会格外自豪吧。

有时候我妈过于难过，就会伤心落泪，抱怨道："我的大儿子是智障，小儿子是作家。"

那天下午，《克拉林根之星》的首页就被丢进炉子里烧了，我听见我妈念了一句印度咒语。报纸其余的部分仍会被完好地保存起来，以备她一会儿仔细钻研，寻找各种打折消息。

"她肯定是躲了起来。"我妈一边把烧出来的灰丢进邻居家的院子里，一边说，"然后等到我把购物车推到结账台，把所有东西都放在了传送带上，拿到发票时才出来。"

《克拉林根之星》上面写着安斯·德鲁特尔是一个小学老师，却被我妈看作一个不遵守游戏规则的人，一个通过不公平竞争成了邓同超市最后一个顾客的人。这个人本来应该是我妈，出现在《克拉林根之星》头版头条上的人也应该是我妈。在超市营业的最后一天，她每小时就进去一次。每一次，她都满怀激情地骑着自行车去店里，再把无数个袋子挂在车龙头上，花费很大的力气把车骑回家。我们家的柜子里塞满了吃的和用的。我爸以最快的速度又做了一个储物柜，然而还是无法抵挡我妈那疯狂的购物欲。说实在的，没有什么能阻挡得了我妈的购物欲。但凡有折扣，我妈就得把东西全都买回家。这欲望比我妈本人还要强大，就跟毒瘾犯了立刻要吸毒似的。有一次她竟然买了猫粮回来，要知道，我们家一只猫也没有。只听我妈愉快地说："猫粮在打折。"

邓同超市营业的最后一天，几乎所有的东西都在打折。如果巴基斯坦要打核战争的话，我们家几年都不用愁吃的和用的。我妈来来回回去了几次邓同超市后，把我也一块儿叫上了。她看中了一样东西，自己扛不回来——我最害怕的事情还是发生了，而且我还知道对我妈说"不"是不可能的。对折扣上瘾的人是不会接受拒绝的，至少我妈不会。一个拒绝就会造成她的头脑短路，后果完全无法想象。

我爸不想把那一大堆猫粮堆在家里，大声说："我们养的是豚鼠，又不是猫。"我妈根本不在乎我爸的言论，在她看来豚鼠除了普通的猫粮，还喜欢吃兔子和吞拿鱼。然而莱杰——没错，我们家豚鼠的名字是照着那个被我妈照顾过的印度电影明星起的[1]——拒绝吃被捣碎的兔肉，坐在笼子里，

---

1 电影明星全名为"Prithviraj"，作者的妈妈取最后三个字母，给豚鼠起名为"Raj"（莱杰）。

躲得远远的。接着我妈就开始给它讲战争期间的事，还有她的九个哥哥姐姐；更惨的是，我妈决定每个星期就只给莱杰一片生菜叶子吃。

最后我们把所有的猫粮都送给了家人和朋友。每次有人过生日，我们就带上一罐。我要强调的是，我们每次都会用好看的包装纸把罐头包好。收到礼物的人的反应大不相同：从惊讶到愤怒，从无话可说到深深的失望。后果就是我们收到的生日请柬越来越少。

到了超市里，我妈指着满满一大摞威化饼，还安慰我说："我们可以把它们都装进袋子跟盒子里。"听到这话，我的内心翻腾起来，很想立马逃走，而且要用我的腿能承受的最快速度。这时我妈说："快点，不然别人就要抢在我们前面了。"

我想问的是哪儿来的别人，有哪些人会因为打折而买下整整一货架的威化饼？我觉得这样的人根本不存在，要不就已经被关起来了。

我妈开始往购物车里装威化饼，为了避免悲剧的发生，我也以我妈为榜样行动起来。店里的人都瞪大眼睛看着我们，我妈那毫无廉耻的心也算是个奇迹了。文森特·门泽尔要是在现场，完全可以毫无畏惧地把一整卷胶卷都拍空。我想，这肯定跟我妈的过去有关，那些对饥饿年代的汹涌记忆，还有贫穷、战争和十张等饭吃的嘴。这不是我妈的错，而是一种内在的力量，无法抵挡，宛如自然界的定律，像一个直射空中的喷泉。

就这样，我们推着俩购物车的威化饼走向了收银台，工作人员早已认识我妈，也就不觉得奇怪了。只见她面带友好的微笑，说："凡德奎斯特太太，您好，您又来了呀？"

工作人员一袋接一袋地扫描威化饼，当两车威化饼全都扫描完毕后，显示屏上出现了一个数字，一键下去数字变成了一半。我妈叹了口气，仿佛一下子轻松了不少。

就在同一天晚上，莱杰的笼子打开了，我妈把手伸进笼子里，塞了一堆威化饼进去。这一次我妈不用再开启长篇大论，莱杰就啃起威化饼来，仿佛不吃就会有生命危险似的，也许事实也如此吧。对它来说，一片生菜叶子显然是不够的。

从那天起，邓同的大门就永久地关上了。《克拉林根之星》的摄影师给安斯·德鲁特尔拍了张照片。记者答应我妈会在文章里提起她的名字，会告诉读者她在邓同买了二十年的东西，店里的每个人都认识她，还有就是她非常希望自己成为邓同的最后一个顾客。

可惜的是，人这一辈子不可能什么都如愿以偿，很多时候，我们扮演着另一个人的角色，活在阴影里，成了隐形人，原有的希望也消失殆尽。倘若我们试图逃离命运，就会慢慢变成谁都不认识的灰色小点点。

上帝的恩赐

Geschenk van God

在我妈认识我爸，在她踏上开往荷兰的飞机，把两个旅行箱里装满手链、项链和耳环之前，她负责照顾一艘船的船长。船长叫拉杰什·穆德加尔，是家里的长子，拥有一头在阳光下闪闪发光的浓密黑发。

船长在阿拉伯海上生病了，当时离最近的海岸还得开上一天半的时间。回到陆地上的时候，拉杰什·穆德加尔的身上长满了痘痘，在孟买一家医院的手术台上躺了一天一夜。命算是保住了，却付出了惨痛的代价：右脚的三个脚趾、右手的指尖和左边的小腿全都废了。拉杰什·穆德加尔再也不能开船，再也不能出海了。

船长恢复得差不多的时候，就回家了。有人给他在开往阿格拉[1]的火车上特地准备了一节车厢。他的父母就住在阿格拉绵延的群山里，而他也是在那里出生和长大的。在深夜

1 阿格拉：印度城市，曾为印度首都。

颠簸的火车上，他第一次被疼痛侵袭，一直叫到太阳缓缓地升起。

一回到出生地，看见大树、房屋和童年时走过的路，他热泪盈眶。他曾经把这片土地跟大海做了交换，把尘土换成了海水。他的母亲宛如一只黑色的鸟儿，尖叫着从山上冲了下来。孩子们围绕着担架，看着那件钉着铜扣的深蓝色的制服，而跟制服配套的西裤被剪了开来。接下来的几天，人们都在为船长祷告。

一天早晨，我妈出现了。在大树、房屋和马路之间，在阳光中出现了一个白点，一个带着美丽光环的护士，是那么年轻、漂亮、纯真。我妈走进了穆德加尔的家，那是一座很大很亮的房子，一看就是个有钱人家。船长的父亲是个律师，声音沉重得宛如石头，说出的每个字都像岩石一般。我妈跟船长的母亲喝茶。四周一片宁静，这是一座充满了悲伤的房子，几乎听得见泪水掉下来的声音。接下来，我妈被带到船长身边。她仔细观察着眼前的这个病人，看着他一头如电影明星般的发型：乌黑发亮的头发和笔直的发际线。他俩谁都没说话，只是沉默着。我妈替船长洗伤口，换绷带，而拉杰什·穆德加尔默默承受着疼痛。他咬紧牙床，心里想着大海，还有那咸咸的海水，如大象吼叫般的海浪。

慢慢地，慢慢地，穆德加尔康复起来，恢复了元气，我妈从他的眼睛就看得出来：眼角的细纹，还有如黑色湖水般发光的瞳孔——拉杰什·穆德加尔的眼睛笑了。一天早晨，我妈开始想念他。这想念来得很突然，也很温暖，简直无处不在。她还从来没有这么清醒过，仿佛崭新一天的阳光直直地射入了她的灵魂。她的身体发着光，指尖在颤抖。

她开始好奇拉杰什·穆德加尔有着什么样的感觉，便开始解读他的脸。她看见了皱纹，随着看的时间增长，看到的皱纹也越多。他的毛孔里满是疼痛，还有额头、嘴边以及眉毛之间也都是。同情之心油然而生，我妈一把抓住他的手——一只只剩下指节的手——轻轻地捏了下去，仿佛感受到一阵火花。她吓了一跳，立刻松开手，突然想到了现实情况。她只是一个护士，而他来自一个富有的家庭。他残疾了，而她正充满旺盛的生命力。

“我们只爱过一次，也只有那一次我们会爱得奋不顾身。”西里尔·康诺力在他的回忆录《不平静的坟墓》里这样写道：“当我们爱上一个人时，会以为某天是9月初的一天，会觉得一天忽然少了六个小时，会体会到6月的炙热。”之后还加上关键的一句，“初恋会影响到我们的一生。”

我妈与拉杰什·穆德加尔的告别，和西奥多勒斯·亨利科思·凡德奎斯特的相遇之间隔了三年。在这三年里，我妈住在不同的地方，照顾了不同的病人，为他们清洗伤口，倾听他们的苦痛，抚摸他们的额头，却没有一刻忘记过拉杰什·穆德加尔那双微笑的眼睛。他们给彼此写信，用的词也越来越深刻。只要我妈摸着拉杰什·穆德加尔写的那些字，就会有一股暖流流遍全身，那温暖似乎无处不在。

“就这样吧。”当她和躺在床上的船长告别时，对自己是这样说的。然而她还是哭了，在那座安静的房子里，她流泪的声音仿佛是山里的瀑布。船长从床上爬起来了，一步步爬向了我妈。他哭了，不是在大海上，不是在面对死亡时，也不是在他醒来时没了左脚的床上。泪水从他的脸上滑落下来，落在了那座又大又亮的房子的白色地砖上。

那位律师父亲的声音牢牢地印在了我妈的记忆里：“给我滚出去，永远也别回来！”我妈走了，头也不回地走了，眼睛看着地面，看着地上的尘土。

当我爸爱上我妈的时候，我妈的悲伤基本已经成形，仿佛一件用黑线织成的丧服。他们是在鹿特丹伊拉斯姆斯大学的图书馆里相遇的，我爸在那里打了一份零工，是图书馆助理，而我妈正在努力学荷兰语。在那之前，她收拾了两个行李箱，坐了飞机，又在荷兰史基浦机场下了飞机，通过一个住在海牙的姐姐，在鹿特丹当上了护士。我妈想去国外积累经验，不过才半年就又想回家了。船长信里的词深刻得叫人无法承受。那时她刚被一家医院接受，可以去手术室上班。医院还帮她付了学费，签署了工作合同。她给船长写信说再过一年就回去，到时候会带着一大笔钱，可以买一座属于自己的房子，还要照顾他一辈子。人生中比这些话还要深刻的词大概已经不存在了吧。

那是我妈写给船长的最后一封信。

接着我爸就跟我妈在图书馆里求了婚，我妈立即否决，我爸完全摸不着头脑，不明白我妈为什么会说“不”。从那一刻起，“不”这个字的意思在我爸那里突然变成了谜团，而我妈一直在重复这个字。

“不，”我妈说，“不，不，不。”

然而这招对我爸毫无作用，他仍旧跪在地上，等待着我们这辈子都期待听到的那三个字。

在接下去的几天里，我妈说了无数次的“不”，至少传说里是这么说的。当然了，那是我妈的传说：“我说了那么多次‘不’，如果每个‘不’都是一粒米的话，估计所有的印度人都能吃饱了。”

接下来就是泪水，叫我妈无法阻挡的泪水，有了那些泪水，才有了我在这个世界上的存在。“我是可怜他。”在我出生多年后，我问我妈究竟为什么跟我爸结了婚，我妈说：“我承受不了更多的同情，也承受不了再多的眼泪。”

他们是在9月的一个早晨结的婚，天气很热，比起阿格拉山里那些漫长的白天和似乎永远不会天黑的夏季，那天的时间显得短了许多。三个月后，我妈怀孕了。她轻轻地抚摸着肚子，指尖微微颤抖。她的身体又开始发起光来，尽管那是一年中最黑暗的一个月：整个12月，窗外的雨下个不停。

信不断地寄过来，信封越叠越厚，船长的话也越来越悲伤，我妈再也提不起笔给他写信了。

我大哥是1977年8月28日早上七点一刻在鹿特丹的代克齐赫特医院里出生的。而他的性别对我爸妈来说是一个巨大的惊喜。他们都深信宝宝会是个女孩子，两人都有着强烈的预感。也许这是他们这辈子唯一共同拥有的感觉，而这也许正是感觉失灵的原因吧。他们的第一个孩子是个男孩，得赶紧取个名字。我妈刚生产完，头发还是湿的，额头上挂着汗水，就想到了阿什瓦德这个名字，就是印度语里“上帝的恩赐”的意思，就跟我爸的名字西奥多勒斯的意思一样。我爸不同意，也许是还不敢相信怀里抱着的是个儿子吧——一个长着粉红色的手臂、腿和小鸡鸡的小生命。

阿什瓦德·凡德奎斯特，是我爸妈的第一个孩子，是大儿子，是他们的骄傲。我妈赶在午夜十二点前坐电梯去了医院里的银行分部，怀里抱着我哥，宛如一个干瘪的梨，或是一颗长了芽的土豆。只见他睁着眼睛，黑色的眼睛里透着唯独新生儿才有的蓝光，正如纳博科夫笔下的婴儿蓝一样：“那是一种模糊、发光、无法揣摩的东西，似乎试图去抓住阴影，却被远古的童话森林吸食，那里的鸟儿多过老虎，果实多过荆棘，就在光亮和阴影之间的深渊，人类的精神诞生了。”

我妈在阿姆斯特丹的鹿特丹银行给我哥开了个账户，往里面存了1000荷兰盾。我试图想象那1000荷兰盾是从哪里来的，然而我的想象力不够丰富。那张支票在她生孩子的时候到底藏在了哪里？头发里？床底下？我妈把钱——那是她做护士存下来的钱——交给银行工作人员，想象着阿什瓦德长大了，上了大学，跟女孩子出去约会，用这笔钱请女孩子喝东西。我哥仿佛看见了远古的童话森林，还有鸟儿、果实，轻轻地叫了起来，仿佛一首安详的乐曲。

我爸妈很幸福，这种幸福感只有在第一个孩子出生的时候才能感受得到，这种爱是那么纯真，让人难以置信。在我的儿子出生后，我也想到了那光亮的时刻，那是我的第一个孩子。那亮光是那么清晰，照射着万物，穿越了岁岁年年，一直照到现在。

1977 年的幸福也同样如此，一条新生命开始了，发出了咿咿呀呀的声音。慢慢地，慢慢地，小手和手指动了起来；慢慢地，眼睛睁开了；慢慢地，那个小生命开始思考、感受和期待。我哥是吃母乳长大的，看着一切会发光的东西，看着光线折射，看够了就开始哭；他看见了人、事和整个世界。他的小眼睛闭了起来，时间很快就过去了。他见到什么就拿什么，把晒衣服的夹子和铅笔塞进嘴巴里。小手不停地摸索、挖掘，腿开始想直立起来。我爸弯下腰去，用手抱住他的胳肢窝，一起迈出了人生的第一步。我哥叫起来，这么小的嘴巴竟然能发出这么大的笑声。

如果时间能过得慢一些该多好，我哥已经开始磨牙了。时钟的指针呀，你慢些走。可是时间突然就静止了，来得那么突然，而且再也没有往前走过。我大哥突然得了羊癫风，手脚不停地颤抖，眼睛眨个不停，连呼吸也没有了。这一切都发生在一个夜晚，当时我妈在她姐姐家过夜。我二哥约翰当时才两周大，躺在婴儿车里，眼睛里也泛着婴儿独有的蓝光。阿什瓦德躺在我妈旁边，我妈努力把勺子塞进他的牙齿和舌头之间。一想到“孤单”这个词，我的眼前就会出现这个绝望的画面：我妈，还有我那不断颤抖的大哥，一把插在他嘴里的勺子。当时我爸在鹿特丹，正在写博士论文，研究一只注射了绵羊的红血球的老鼠。

十二个小时前，我爸妈还推着深蓝色的婴儿车散步，约翰睡在车里。我当时不在，还没出生，也从来没查阅过 1979 年 3 月 15 日的天气。尽管如此，我还是能嗅到那天空气的味道：阳光照射下的路沿，划破碧蓝天空的云朵，还有番红花和湿润的草地。这些辞藻让我想起了一个明朗的春日，就跟人们能从不同的颜色组合中看到数字一样。

阿什瓦德被暂时送到邻居阿姨家，数年后我会叫那个阿姨安可。她提出可以帮我妈照顾我大哥，这样我爸妈就能放心带我二哥出去散步了。我妈不想和阿什瓦德分开，不过还是被我爸劝服了。她把我大哥送到邻居家，在他的额头上亲了一下，说他们不会走远的，一会儿就回来。我妈一辈子都不会原谅自己。半个小时后，她手里抱着病恹恹的阿什瓦德。他的大便是绿色的，很臭，还发烧了。

一个号啕大哭的宝宝，一个生病的孩子，还有一篇要交稿的论文。我妈去了她在海牙的姐姐家，就在那儿，一个小房间里，在黑暗中，我大哥的羊癫风犯了。从此，我妈的眼泪就没有停过，跟随了她一辈子。

一个小孩是无法理解悲伤的，悲伤在他的世界里宛如水中流沙。我不理解我妈的眼泪，生活是那么美好，充满了欢愉和能量，还有玩耍、奔跑、叫喊。我开始学写自己的名字，算 3 乘以 7 是多少，还能看时钟。而在我妈眼里，全是一些阿什瓦德一辈子都做不了的事。

过了好几年，医生才诊断出我大哥得的是什么病，在这之前我爸妈带他去看了几十次门诊，去了无数次医院。这个诊断对所有做爸妈的人来说犹如地狱里传来的噩耗，诊断结果是我大哥有智力障碍，这个戳子就这么印在了他的脑门上。这个戳子本该可以让所有人都喘口气，这样一来我爸妈知道了我大哥的病，生活也可以继续下去，然而对我妈来说，时间仿佛被冻结住了一般。

人年纪越大，牢牢抓住的悲伤就会越多。它们会开始黏着你，而你也越来越容易感受到它的存在。尽管如此，一直到二十七岁，我才明白了我妈的悲伤，在那年夏天，我自己成了一个孩子的爸爸。我看了约瑟夫·罗特的《约伯记》后，泪水不停地往下落。

《一个犹太人的命运》是罗特给这本书起的副标题，书里的主人公门德尔·辛格是一名乡村教师，还是四个孩子的爸爸。他确实是一个简单虔诚的男人："在他之前，有千千万万的人像他这样生活过、这样教过书。”[1]而在他的老婆狄波拉眼里，他独一无二。她可以算是整个文学界里最悲伤的母亲了，因为她我才第一次对我母亲的悲伤有了清晰的认识。狄波拉的儿子的脑袋跟南瓜一样大，腿是弯的，失去了知觉，跟阿什瓦德一样，他也时不时会犯羊癫风。

悲伤宛如一片海洋，无边无际，又深又黑。自从梅努西姆出生后，狄波拉的心里就出现了一片黑夜。悲伤占据了每一丝愉悦，每一场派对都是折磨。对她来说，时间也静止了：“没有了春也没有了夏，每个季节都是冬天。太阳升起，却带不来温暖。唯有希望不愿死去。”[2]

对我妈而言，希望也没有死去，她希望奇迹的出现。阿什瓦德账户上的存款每年都在增加。在我睡觉前，我妈跟我讲以后我大哥会开车带我四处兜风。她就这么坐在床尾，轻声念叨。要是我将来去参加派对，阿什瓦德会把白衬衫借给我穿，还会给我零花钱用；印度的家庭就是这样的，大儿子嘛，是全家人的骄傲。接着，房间里的灯就灭了，我妈的脚步声消失在黑夜中。我童年听到的故事不是《睡美人》，也不是《灰姑娘》，而是阿什瓦德长大了要当医生，买汽车，跟一个非常美丽的公主结婚，然后长久幸福地生活在一起。

1　本句话的翻译采用的是漓江出版社 2018 年 10 月出版的版本，译者林中洋。

2　同上。

每天早晨我妈都会给我大哥梳出一个中分。之后，他就要去一所给学习有困难的孩子上的特殊学校了，不过要是上帝听到了我妈的祷告，他就能跟我和约翰一样，去上水塔小学。德吉尔老师已经见过他一次了，我妈说："这是阿什瓦德，不用多久他就能连跳五级了。"

每一天，每一天，梅努西姆的妈妈都在祈祷犹太教的上帝，要是不见效，她就会开始祈求祖先，叫她爸妈的名字，还有梅努西姆的爷爷，爷爷的名字跟瘸脚孙子的一样。还有犹太人的先祖亚伯拉罕、伊萨克和雅可比。我妈则轮着祈求印度众神。

她先是祈求象征着消灭一切邪恶的湿婆，因为在我妈眼里阿什瓦德的智障问题是一种邪恶的表现，要驱除那个凶恶的灵魂。这话听起来似乎很无情，然而事实并不是这样的（后来，我妈也给我和约翰祈祷。我二哥跟一个穆斯林女孩结婚了，而我辍学了，开始写小说。在我们的身体里也住着一个需要被驱除的恶魔）。这似乎已经成了一种传统，一个好习惯。

我妈一直在阁楼上祷告，小时候我们是不可以随便去阁楼的，要去也得穿上袜子。我记得我妈头上系着一块红色的透明丝巾，轻轻吟唱，身体微微地摇晃。熏香让整个阁楼充满了一种神秘的香气，我的目光试图跟随着弯弯曲曲的烟雾。在阁楼上也有泪水，不过在这儿，我妈脸上的泪水会比在别处干得快一些，祷告仿佛给她带来了一丝清新，是一场安慰之浴。

我妈让我测试对湿婆祷告的效果，于是我就每天指着客厅里古老的挂钟，问阿什瓦德几点了。

而他总说："吃饭的时间到了。"

要不就是："看电视的时间到了。"

我妈很快又跟女神杜尔迦祷告起来，这个女神有很多条手臂，画面中的她经常骑在一只老虎上，是著名的驱逐恶魔的女神。然而阿什瓦德仍旧是阿什瓦德。对了，还有奎师那神，是世间万物的源泉。我妈跪在地上，轻声吟唱起来，带着哭腔，身体左右摇晃。就这样，其他印度神仙也都被拜了个遍。在我妈的理论里，印度一共有五十二个神。有人认为只有一个，有人说三个，还有人信誓旦旦地说三千万个。我妈就停留在五十二个。在把众神求了个遍都无济于事时，我妈说："考驾照根本就不需要会看时钟。"

我妈的希望是永远不会熄灭的。

然而变化还是发生了。我妈变得很不安，很容易发脾气，还疑神疑鬼，是妄想症的一种表现，而且越来越严重，这病开始影响她的余生。我们第一次发现我妈的病是在饭桌上。全家人围着餐桌吃意大利面，面里的番茄酱不是自家熬的，而是从超市直接买来的。我妈突然大叫起来："凯丽！"大伙儿一头雾水，不知道我妈在叫谁。我爸是第一个反应过来的，把嘴里的东西咽下去，然后说："维娜，凯丽是谁啊？"

我妈的眼里噙着泪水，左眼成了一片海洋，右眼的海洋也接踵而至，我们谁都没出声，盯着面前的盘子。

“他吃了凯丽的食物，”我妈一边说，一边指着阿什瓦德，“我们带约翰去散步的时候，阿什瓦德在邻居家，吃了狗粮。”

凯丽是邻居家的狗，是安可阿姨家的杰克罗素犬[1]，我妈眼里的又一个恶魔。

我妈深吸了一口气，眼睛里洪水泛滥，说话的时候声音颤抖。她告诉我们阿什瓦德因为吃了狗粮，羊癫风又犯了。

阿什瓦德是唯一还在吃饭的。他把长长的意大利面吸进嘴里。

接着我妈就崩溃了，大叫道：“我不想的，我不想把阿什瓦德丢在邻居家去散步，是你强迫我的！”说完便脱下一只鞋，朝我爸丢了过去，我爸一弯腰，正好躲了过去。这是在我的童年中我妈丢向我爸的第一件物品，丢出去的第二只拖鞋还真的砸中了。接下来，盘子、杯子、丁零哐啷的碎片，全都飞向了我爸，还有我妈脸上河流般的泪水。

阿什瓦德放下了餐具，说：“我一点儿也不喜欢吃狗粮。”说完还做了一个鬼脸，拿起刀叉，吃了一大口番茄酱意大利面，这是他最喜欢的食物。

---

1 杰克罗素犬：一个犬种，活泼，精力旺盛。

“妈妈，我们今天晚上还吃长蛇吗？”阿什瓦德几乎每天都会提这个问题。在他的世界里，意大利面就叫长蛇。他觉得面跟蛇很像，其实还真的挺像的。

接下去的几天里，凯丽几乎性命难保，我妈变身游击队，专门找邻居家那只长着棕色斑块的杰克罗素犬的麻烦。她手拿擀面杖，追着凯丽四处奔跑，喂它吃沾了辣椒粉的狗饼干。如果凯丽在我们家门口撒尿，我妈就把厚厚的电话黄页从三楼扔下去。印度人有多么崇敬牛，我妈就有多么痛恨凯丽。

我妈还企图把凯丽当作祭品，然而当安可阿姨的孩子们抱怨凯丽烧焦的毛发时，第二天警察就出现在了我们家门前。我妈说是烤炉里蹦出来的火焰不小心溅到了狗身上，就这样把警察给糊弄了过去。我们家根本没有烤炉，不过这就没必要让警察知道了。他们大口啃着我妈做的鸡腿，还打包带回家给老婆吃。我妈做的咖喱鸡叫人欲罢不能，在荷兰找不到第二家。然而她究竟是怎么在没有烤炉的条件下做出烤鸡的，就是个谜了。吃过的人，都别无所求。

最后，凯丽还是因为一场意外送了命——它被一辆垃圾车撞死了。这种突如其来的破坏力，就是命运。我妈肯定地说这夺命惨案是湿婆所为，这破坏邪恶力量的神终于显灵了。

“要不是凯丽，阿什瓦德就没事了。现在凯丽走了，阿什瓦德就要痊愈了。”这是我妈的原话，她对此深信不疑。渐渐地，我们开始远离我妈。这里的“我们”是指我爸、我二哥，还有我自己。阿什瓦德是家里唯一无法抵挡我妈魅力的人。他永远是个四岁的孩子，在我妈的保护下生活，接受她的一切。

“阿什瓦德，有一天你会好的，到时候就能自己系鞋带了。”

“有一天你会去剑桥大学，成为一个著名的律师。”

“阿什瓦德，要是我有一天老了，头发白了，整天躺在床上，你一定会让我为你感到骄傲。你的司机会开车送你来看我，到时候我会亲吻你的额头。”

我妈的内心深处有一座矿山，一根通向无限希望的管道。在那里一片漆黑，除了黑暗，什么都看不到。然而我妈从深渊里挖掘出安慰，在管道里徘徊，就跟阿什瓦德发羊癫风的那天晚上一样寂寞无助。她叫喊着他的名字，黑暗的管道里传出无数个回音。总有一天她会把他找回来，那是她的骄傲，她的一切。

圣者的言语支撑着小说《约伯记》里狄波拉内心永恒的希望。梅努西姆十三个月大的时候，像一只动物般吼叫起来。于是绝望的狄波拉便去了克鲁斯耶斯克的拉比[1]那

1 拉比：犹太人中智者或学者的称呼。

里，她打算看着拉比的眼睛，说服自己力量无穷的上帝就存在于拉比身上。然而她的双眼宛如海洋，在咸咸的白色波浪后面看见了那个圣者。虽然他的声音很轻，狄波拉感觉那个声音就在自己的耳边："梅努西姆，狄波拉的儿子，会康复起来的。在以色列像他这样的人少之又少。不要害怕，快回家吧。"

就这样，我妈和狄波拉勇往直前，内心的希望永无止境地咆哮着，支撑着她们。有一天，奇迹终于出现了，梅努西姆说出了人生中的第一个词："妈妈。"

狄波拉的眼里噙着泪水，这次泪水甜甜的，暖暖的。

"妈妈。"梅努西姆又叫了一遍，就这样叫了成千上万次。

儿子终于开口了，她的祷告总算没有白费："这就意味着有一天，梅努西姆会变得强壮、高大、聪明、善良，就跟狄波拉的祷告词里说的一样。"

聪明善良，这样的词很像在形容一个法官，又或是一个律师。梅努西姆正在等待着去迎接一个光辉的未来。我大哥除了会说"妈妈"，还会问"爸爸，你为什么总是摇头呢？"，不过看书和写字就不行了。十二岁那年，我妈还在给他梳中分。她每天早晨都会用花园里的喷壶冲洗阿什瓦德那头浓密的黑发，接着再梳出一道笔直的中分。"看，看你多帅，"我经常听我妈这么说，"以后会有很多女孩子来追你的。"

夏季里一个明亮的早晨，梳子从我妈手里滑落下去，“拉杰什·穆德加尔”从她的嘴里冒了出来，就跟当时忽然说出“凯丽”的名字一样，我妈尖叫起来。阳光照在我大哥乌黑的头发上，还有那道中分，简直就是电影明星的发型。我妈叫起了那个船长的名字，一遍又一遍。

从那天起，拉杰什·穆德加尔再次回到了我妈的生命里，成了我们中的一员。我们坐在餐桌前，吃着番茄酱意大利面，听我妈解说她的理论。我爸、我的哥哥们、我们安静地吃着，都习惯了。理论是这样的：阿什瓦德的智障问题源于船长的诅咒，我妈给我们讲拉杰什·穆德加尔，就跟说家里的长子、全家的骄傲阿什瓦德时的语气一样：“他只剩下两个脚趾，半条右臂，左脚也没有了。笑起来，眼睛宛如春夏。”没多久，我妈的第一只拖鞋就飞向我爸，紧接着桌上的其他物品也飞了出去。我妈大声嚷嚷着说一切都是我爸的错。要不是他跟她求婚，她就跟船长结婚了；要是她跟船长结了婚，也就没有阿什瓦德的存在了。

我妈大叫着，哭了起来。

我爸就跟门德尔·辛格一样，是个简单的男人，捡起拖鞋走向我妈，把地上的玻璃碎片和食物的残留全都收拾干净了。

阿什瓦德突然放下刀叉，说：“幸好妈妈没有跟船长结婚。”说完便又大口吃了起来。

“时间一天天，一个星期接一个星期，一个月接一个月，一年又一年地过去了。”整整十年的时间，我妈成了一个被占有的女人，占有她的叫作希望。她带着阿什瓦德去蒂尔[1]看病，还去了卢尔德[2]，一切能产生奇迹的可能都试过了：巫师、灵媒，还有克洛斯区的那个拥有超自然力的骗子。那年阿什瓦德二十二岁，不喜欢跟别人有肢体上的接触，还会时不时发暴脾气。骗子拿着一根针去扎我哥的脸时，一只眼睛被打紫了。除了这个骗子，对我们的邻居、邮递员和公车司机来说，他也不再安全，就连我妈有时候也会被打。阿什瓦德有着1米96的个子，我妈只有1米66，要是他发起脾气来，我妈除了大叫让他别再踢打了，也就无计可施了。等他平静下来，我妈就会说：“阿什瓦德，我是那么爱你。你是我的最爱，是我的第一个孩子，也是我的骄傲。”我大哥听了，大哭起来，一副很迷惘的样子，把脑袋搭在我妈的肩膀上。我妈也哭了，也很迷惘，把头靠在我大哥的头上。

我妈，那个阳光中以往的白点，一个带着美丽光环的年轻、漂亮、纯真的护士。

要是她从来没有离开过船长，就好了。

要是她从来没有跟我爸结过婚，就好了。

---

1 蒂尔：荷兰城市。

2 卢尔德：法国南部城市，因有圣母马利亚多次出现的传说及泉水治愈疾病的奇迹而成为天主教最大的朝圣地。

要是她从来没有把阿什瓦德留在家里去散步，就好了。

她的内心一直重复着这些话，并且会一直重复下去，摸着阿什瓦德那头黑发。

那时候我已经搬出去了，我二哥也一样，他去了乌特勒支大学学自然地理。我们都只在周末回家，带着要洗的衣服和饿得咕咕叫的肚子。

有时候我们会吃咖喱鸡，不过大多数时候都是吃“长蛇”。

* * *

有一天，阿什瓦德也出门了，搬进了科里哈同小巷的一家专供残疾人住的机构，从那里骑车去我爸妈家也就十分钟。这对我们家的每个人来说，都是最好的选择。不过我妈觉得挺难的，每天都骑着车来来回回，去看她那永远停留在四岁的孩子。她会问阿什瓦德吃了什么，吃了多少，看了哪些电视节目，然后又会跳上自行车回家。家里很安静，她很害怕听到泪水滴落的声音。

在科里哈同小巷，阿什瓦德和其他七个人——或者叫“客户”，他们这样称呼彼此——住在一起，我记得约皮，他喜欢把手伸进一袋玉米粒里，不停地搅拌。还有里克，他特别喜欢迈克尔·杰克逊；阿诺，一直穿着费耶诺德球队的T恤和裤子，就连夏天也戴着球队的围巾。他们中的一个教会了阿什瓦德“残疾”这个词，然而他不同意这个词的意思，至少认为这个词跟他没有关系。我妈有一天去看他的时候，他说：“我不是残疾，我是阿什瓦德。”

我妈点了点头，说：“你是一个恩赐，上帝的恩赐。”

跟许多犹太家庭一样，辛格一家搬到了美国，希望在那里能拥有一个更加美好的未来。梅努西姆并没有跟着一起去，尽管克鲁斯耶斯克的拉比一再吩咐狄波拉：“不要丢下他，留在他身边，把他当作一个健康的孩子。”

那不知疲倦、不死的希望最终还是粉碎了，破灭了，梅努西姆的妈妈每时每刻都在等待奇迹的发生，然而奇迹并没有发生。

我爸妈移民去了加拿大，阿什瓦德也留了下来。我爸是第一个离开的，几个月后我妈也踏上了飞机，除了她的孩子们，把一切重要的东西都带走了。她出发的那一天我在国外，没能跟她告别，也不知道她跟阿什瓦德之间的告别是什么样的。我只知道她跟别人告别的时候有多痛：她哭着上了车，那些握过手的人的脸都模糊起来，眼睛仿佛成了两片汪洋大海，全是泪水。她开始尖叫，却不知道自己在尖叫，因为那尖叫声来自她的内心深处，她的心仿佛长出了一张嘴巴，大叫起来。

悲伤仿佛流水穿过沙子，在我的身上蔓延开来，再后来就像一片湿淋淋的秋天的落叶，沾在了我的身上，叫我窒息。孩子们永远不会有看书、写字、算算数和看时钟的悲伤，永远不会有出去约会的悲伤、变得越来越沉默的悲伤、因为无法理解自己而开始拔自己的眉毛和睫毛的悲伤。

阿什瓦德从来没有能够连跳五级，甚至连一级都没有跳过。

梅努西姆最终还是好了，然而他的妈妈没能看到这一幕。在奇迹发生前，狄波拉就去世了。在她去世后的几个月，门德尔·辛格在纽约遇到了失散已久的孩子。他没能一眼认出来，梅努西姆变成了一个帅气的小伙子，穿着晚礼服。如今他叫阿历克斯耶·科扎克，是一位世界闻名的作曲家。

没错，他并没有成为医生或者律师。

现在我们之间隔着大海，各自选择了各自的路，用网络视频联系。有时候信号不好，画面质量也差，还时不时断线。有时候我听不懂我妈在说些什么，又或者是因为网络的延迟，我们同时说起话来。不过好在是免费的，免费的就是好的，印度人都是这么想的，我妈也一样。

我告诉她我要写一个关于阿什瓦德的故事，她在视频那头点了点头。那是多伦多的一个清晨，天还是黑的。为了省电，我妈没有开灯，只有屏幕的光打在她的脸上，一张黑色的、满是皱纹的脸上出现了一片白光。

“好的。”她说，过了好一会儿，又说，“你可以写任何你想写的，编造、扭转事实，可以改写历史，什么都行，就是不能写我放弃了希望。”

接着屏幕就冻结住了，我妈成了一座石像，扬声器里传出了瀑布般的沙沙声。

我不知道她能不能看见我，听到我的声音。

我答应了她。

免费的总是好的

Gratis is goed

旅途的起点在鹿特丹老坝上的一个车站旁。阿什瓦德看了看左边，又看了看右边，等待那辆黄色的电车出现在远方。他的脖子上挂着一个长方形的钱包，里面没有钞票，就连买一包薯条或者一个冰激凌的几个硬币也没有。钱包里只有一样东西，是一张印着阿什瓦德的名字、出生年月、照片和一段小字的卡，上面写着："用这张卡，阿什瓦德的看护人就可以免费乘坐公交，包括电车、汽车、火车和地铁。"这是我妈跟政府申请的，自从这张卡落进我们家信箱的那一天起，我们的生活就受到了限制。从此，但凡我们要坐公共交通，就必须带着阿什瓦德，那样的话就有一个人不用买票。免费的总是好的。有时候，比如说阿什瓦德去学校了，又或者是得了流感躺在床上，看护卡就不能用了。那时候我就会把钱包挂在脖子上，有人来查票了，我就会惊讶地看着四周，大叫道："阿什瓦德？阿什瓦德，你在哪儿啊？"每次查票的工作人员都会叫我赶紧下车，去找我哥。

还有一次，我二哥约翰（他除了哮喘，就没别的毛病了）和我一起出去。查票的时候，约翰立刻做出一副鬼脸。而我则火上浇油，对查票的人说："他是个残疾人。"查票的人还充满理解地点了点头。

"9路，"阿什瓦德大叫起来，"9路电车来了。"在我们左边远远的地方，出现了一辆黄色的车。我妈看着开近的车，眼睛不好，看不清是9还是7。等车到了站，我妈才说："阿什瓦德，好样的。"说完松开了握着箱子把手的手。

我妈的旅行早就开始了，在第贝利亚斯小巷，在我妈的衣柜里。每次我妈要出门，就会把里面的东西全都装进行李箱，至少是其中的一大部分。我们去美国的时候，我妈一共带了十七个箱子。去游乐园玩的那个星期，一共十四个。她很少有只带几个箱子出门的时候。

今天早上，衣柜里的东西被塞进了四个大箱子里，有衣服、锅、瓶装食物，还有一路上能用得到的东西。我妈觉得，旅行路上要买东西的人，都是没活明白的人，也不值得活在这个世上。

旅行箱，我妈的生活总跟那些箱子脱不了干系。

我爸拖着那些箱子，来到了老坝上的电车站。这期间，我爸已经锻炼成一个经验丰富的搬运工，孟买火车站的那些人都不在他的话下，他的技能比他们的还高超，速度比他们快，动作也很灵巧。

阿什瓦德朝电车司机竖起中指。自从进了青春期，他就会经常这样，有什么不顺心的，就会发脾气。

电车叮叮当地开走了，我妈走向阿什瓦德，对他说："你不可以像刚才那样竖起中指，你知道那是什么意思吗？"

"我想要7路车。"

"7路车马上就会来的。"

"妈妈，"我大哥问，"我们这是要去哪儿啊？"

"我们要出一趟远门，"我妈说，"去法国。"

"坐7路车去吗？"

"先坐7路车，然后换火车，最后还要坐汽车。"

"我今天晚上睡在哪里呢？"

"旅馆里。"

"小熊呢？"我哥拿着他的玩具问。那是一只毛茸茸的猴子，我哥叫它小熊。睡觉的时候，小熊就躺在他的胳肢窝下面。自从进了青春期，小熊身上就有了足球运动员更衣室里的汗味。

"小熊在箱子里。"我妈说。

"这么说它也要坐电车、火车和汽车？"

我妈点了点头，阿什瓦德不再提问了，没有再问旅行，也没有问法国，总算安下心来。他看着左边，等待7路电车出现的那一刻。这就是我大哥，有时候很暴躁，有时候又会担心他的玩具猴子。

到了中央火车站，我妈找到了一个警察，指着放在地上的四个箱子，又指向阿什瓦德，就跟我们在电车里被查票、我指着约翰的样子一模一样。只不过我妈没有对警察说：“他是个残疾人。”而阿什瓦德也没有做出一副鬼脸。看护人的卡发挥了作用，我妈从我大哥的钱包里拿出那张卡，给警察看，说：“我们要去 11 号站台。”再过三分钟，11 号站台的火车就要出发前往乌特勒支了，就眼下这个情况，四个箱子、三分钟、十一个站台，我爸完全可以轻松应对，可惜的是，在老坝车站他在没有得到我妈任何小费的情况下被遣送回家了。因为他不能免费坐电车，而要花钱的东西总是不好的。

现在这个警察要帮忙扛这些箱子，他仔细地看了看卡片上的说明，一副手足无措的样子。我妈就干脆说：“来，阿什瓦德，我们走吧。”

警察十分钟后才来到站台，我妈站在火车门旁边，正跟火车车长展开着激烈的讨论。只听她大声嚷嚷，说警察马上就来了，是来护送她的。有时候，我很庆幸我不在现场，而在别的地方。

警察大汗淋漓，仿佛一只水獭。蓝色的衬衫全都浸湿了，帽子也歪了。要是在孟买的火车站，他就惨了。不过好在这是鹿特丹中央火车站，游戏规则也不一样。我妈打开其中的一只箱子，在里面摸索起来。这些箱子是我妈的，属于另一个世界。她终于在一堆混乱中找到了要找的东西，拿出了一个猫罐头。里面是被捣碎的兔肉，还是打折的时候买的，是家里仅剩的几个罐头了。火车车长的哨子声超越了警察的讶异。

火车上一切顺利，也就是说我大哥没有再发脾气。他看着窗外，哼着电台播放的歌曲。查票的工作人员走进我们的车厢时，他骄傲地把看护卡从钱包里拿出来。工作人员检查的时候，阿什瓦德竟然指着我妈，说："她是残疾人。"这是我和二哥教他的。

到了乌特勒支火车站，我们的一个表哥早已来到站台上，准备帮我们搬行李。他是我妈一个姐姐的孩子，就住在乌特勒支市中心。出门前的一天，我妈给她住在海牙的姐姐打电话，要求她的儿子来火车站接我们。整个对话都是印度语，唯一的荷兰语词是"乌特勒支会展中心"，还重复了好几次。这是我妈和我哥要坐车的地方。表哥把车开到会展中心的停车场，停在了遇到的第一辆大巴车旁边，然而这不是我妈和我哥要坐的那辆去法国的大巴车，车窗后挂着的牌子上写着"科隆"两个字。我妈叫表哥去问大巴司机，他带着些许的不情愿，下了车，走向了大巴，一会儿又上了车，发动了汽车，说："得继续向前，再往右边开。"结果到了那里，全都是大巴车，没有尽头的寻找就此开始。表哥每开到一辆大巴旁边，就听司机说我妈和我哥的名字不在乘客名单上。然而他并没有放弃，也不能放弃，这是作为一个侄子对阿姨应尽的责任，印度的文化就是这样。我妈气坏了，怪我表哥没有找对大巴。这就不是印度文化了，只是我妈的文化。她发现表哥开错了方向，就把他骂下车，自己坐到了方向盘后面。那些不在场的人应该会很庆幸自己当时正身处别处吧。

最后，大巴终于出现了，可是我妈并不在乘客名单上，阿什瓦德的名字在上面。

“小熊的名字呢？”我大哥问司机。

司机用食指指着名单，问：“小熊姓什么啊？”

大多数情况下，人们都认真对待阿什瓦德，因为他看起来确实挺正常的：一个帅帅的、梳着中分的男孩子。他不会算算数，也不会看书，光看是看不出来的。在过去的几年里，阿什瓦德唯一的进步就是能把7路电车和9路电车区分开来。

我妈来到司机和我哥之间，说：“小熊在箱子里，会待在放行李的地方。”

“乘客不可以待在行李区。”司机说。

“小熊不是人，”阿什瓦德说，“是一只猴子。”

这下司机可彻底摸不着头脑了。我妈呢，就特别擅长火上浇油，从钱包里拿出那张卡片，递给了司机，笑着说：“我可以免费坐车。”

司机看着卡片，就跟那个警察，还有无数个无辜的人看那张卡片的表情一模一样，比如收银员、游泳教练、卖鞋子的人。我妈完全可以跟比利时作家迪米特里·维尔胡斯特的妈拜把子。在《万物的遗憾》这本书中维尔胡斯特写了一个故事，跟引导小孩正确上厕所的卡片有关：“每一张有可能打折的卡都会出现在电影院或者剧院的售票口，而那张‘尿尿’卡片是我妈的杀手锏，人们之所以给她打折，只是为了摆脱她的纠缠。”我妈也四处掏出卡片。如果没办法免费的话，就要折扣，比如在博物馆、游泳池和商店里。

“这张卡只适用于公共交通。”司机一边说，一边把卡还给了我妈。

这下我妈脑袋里两根没有被包严实的电线碰在了一起，脸上的笑容瞬间就消失了，说：“上面可不是这么写的。”说完便飞快地把卡片塞进了钱包里，又傲慢地说，“在印度有了这张卡，连飞机都可以免费坐。”

司机的态度毫无转变，于是我妈决定改变策略。她把一只脚踩在车里，大声说道：“我可以免费陪同我的儿子，因为他是智障。”平时，我妈绝对不会在阿什瓦德面前说出这样的话，然而她脑袋里短路的力量无比强大，她得想办法让自己免费去一趟法国。她知道阿什瓦德听了这话会生气，会暴怒，场面会相当激烈，因为他不喜欢别人把他看作残疾人。不久前，当我妈在一家商店里跟工作人员争取折扣的时候，他还拿起鞋子丢了出去。

阿什瓦德把两根中指都竖了起来，冲着司机嚷嚷道：“同性恋臭婊子！”

臭婊子是我哥最爱用的骂人的话。有时候我们全家都会变成臭婊子：我爸妈、我二哥、我，还有豚鼠。而“同性恋”这个形容词他还从来没用过，可能是跟邻居家的孩子们学的。我们家住在 9 号的那个女邻居是个同性恋，这个词的意思对我大哥来说就是一个谜，不过一点儿也不影响他对这个词的使用。

“您要把他独自带走吗？”我妈问司机，这时另一只脚也踏进了车里。

没多久，司机就气呼呼、满嘴怨言地把四个行李箱装进了行李区。表哥也在没有得到任何小费的情况下回家了。没人能跟我妈一决高低。她上辈子应该是个独裁者，历史书里的暴君。而现在她是我妈，在印度出生的妈，也是阿什瓦德的妈。

接下来的旅行就没有那么顺利了，坐在阿什瓦德前面、后面和旁边戴着白帽子的人唱起歌来。阿什瓦德只喜欢 538 号电台播放的流行歌曲。我爸车里一直播放着这些歌曲，其他的频道和歌曲都不符合他的心情，而现在他周围的那些人就更叫他闹心了。他们全都唱起了上帝之歌，歌声欢快极了：“你知道你的父亲很了解你吗？你知道你价值连城吗？你知道你是一颗珍珠吗？是上帝手里的一颗珍珠。”

我大哥把耳朵堵了起来，开始唱 538 电台的流行歌曲：“胖子斯林姆，他妈的在天堂。”对阿什瓦德来说，“胖子斯林姆”是谁，“他妈的”又或是“他妈的在天堂”都是谜团，然而坐在他身边的人都把他当正常人看，因为他看起来真的很正常。他们试图超越我大哥的声音，继续唱道：“拍拍手，上帝很善良。跺跺脚，上帝很善良。”阿什瓦德把耳朵堵得更严实了，在拍手和跺脚声中大声唱起来：“胖子斯林姆，他妈的在天堂。他妈的，他妈的，他妈的在天堂。”

这时我那已经打起呼噜来的妈突然醒了过来。我妈有一种天赋，能在车上、船上和飞机上立马睡着。虽然她一直否认，不过她打起呼噜来确实就跟一把锯子似的。我妈被身边的巨响声吓醒了，一头雾水地问：“出什么事了？”阿什瓦德把手指塞进耳朵里，大叫个不停。坐在我妈前面的那个女人转过身，说坐在我妈旁边的那个男孩在唱恶魔之歌。

“阿什瓦德，”我妈说，“快停下，别叫了。”她抓住他颤抖的手，摸着他的额头，在他耳边轻声说道：“你是我的最爱，我的大儿子，我的骄傲，我非常非常爱你。”等阿什瓦德冷静下来，我妈从钱包里掏出那张看护卡，递给了坐在她前面的那个女人。

“您能帮忙传一下吗？”我妈问。

就这样，看护卡被一只只手接住，从大巴的最前面传到了后面。人们看着卡片正面的文字，看着照片，对我妈点了点头，表示理解。这样看来，看护卡还能制造和平。

车停下来给乘客们上厕所的时候，一个乘客给阿什瓦德戴上了一顶白帽子，帽檐上写着：“上帝是善良的。”“还是免费的。”我妈说，不过这句话外人是无法理解的。

接下去的行程车里安静下来。大伙儿不再唱歌，开始看电影了，车里有两个小电视。跟听歌不同的是，我大哥对电视节目毫不挑剔，什么频道都行。以野生动物为主题的纪录片、体育节目、电视剧，对我哥来说全都很有意思。好吧，我承认，只要有人在电视里亲起嘴来，比如《海滩救护队》，阿什瓦德就会大声傻笑起来，每次看到女人的胸，就会说："你好啊！"大巴里的电影不怎么好笑，讲述了耶稣的一生。我妈闭上眼睛，睡着了。每隔几分钟，阿什瓦德就把她推醒，因为我妈的打呼声打扰到他了。

"你打呼噜打得我都看不了电影了。"我哥说。

"才没有呢。"我妈说，而且还越说越气的样子，甚至用印度语骂起人来。和英语不同的是，阿什瓦德很清楚我妈在说什么，这就是母语的力量。

其他的乘客也开始厌烦我妈的呼噜声。当阿什瓦德无数次摇醒我妈，我妈否认她打呼噜的事实后，车里的一个乘客开始帮我哥说话。

"我也听见了。"坐在我妈后面的那个男人说，"您的呼噜声的确很响。"

"才不是呢，"我妈说，"我没有打呼噜。"

"就跟一把锯子似的。"另一个人说。

我妈气呼呼地摇着头，接着就跟开机关枪似的冒出了一大串骂人的话，长度加起来应该有足足五公里远。整辆车的人都回过头来，形成了一片戴着"上帝是善良的"帽子的海洋。

其实我妈也应该有一张卡，上面印着她的名字、生日、照片，还有以下说明："如果您想幸福地生活下去，就赶紧逃跑吧。"

车子快到卢尔德的时候，车上的一个乘客走向前面，拿着车里的话筒说起话来，让大家保持车里的整洁，把垃圾都丢进垃圾桶里，为司机师傅鼓掌，然后又告诉大家房间的分配情况，还有用餐的时间，最后大伙儿还一起祷告。阿什瓦德问我妈他们是哪一组的，我妈说："我们俩是一组的。"也就是说他们只预订了车程，到了卢尔德要自己找住的地方。

如果我们全家一起去度假，也总是这么碰运气。到了法国、德国或者卢森堡，几乎都会堵车，可我们从来都不会提前预订旅馆或者公寓。我妈不信任旅行社，什么事都要自己来安排。我还记得我们去巴登－巴登度假的时候，头四个晚上是在一辆汽车里过夜的，是一辆红色的拉达 2000。我妈觉得所有的住宿都太贵了。

"我是个大学老师，"我爸在看过第一百座房子后，说，"赚的钱都可以把这整座房子买下来了。"

"你赚的还不够买一个狗窝呢。"我妈一边说，一边发动了汽车。我们得立刻离开那里，因为免费的才是好的，价格昂贵的东西全都是恶魔。

"这地方很适合小孩子。"我爸仍然没有放弃，然而我妈很残酷，完全不给我爸任何机会，把房子的价格从德国马克换算成荷兰盾，再把荷兰盾换算成印度卢比，没算上汇率的差价，也没有按比例换算。

最后，我们在一个出租谷仓的老人家那里找到了寄宿的地方，里面好像有股粪便的味道。

到了卢尔德，我妈有三百家旅馆可以选。我不知道我妈跟多少个前台工作人员、旅馆老板和打杂工的小伙子打过交道，给多少人看过那张看护卡。自从我妈知道我在写一本跟我们家有关的书以后，就不再回答我的问题了。对阿什瓦德来说，8 和 80 没什么区别。可是如果你问他要不要再去卢尔德，他会拼命地摇头。

最终我妈选择在玫瑰旅店住下，因为经过一个星期的观察，我妈发现有两块黄色的毛巾挂在晒衣服的绳子上，上面印着旅馆的名字，字体非常优雅，毛巾的材质也很厚。在我妈的世界里，旅馆房间的价钱是一个总价，包括了早餐、服务、毛巾、床单，还有一切挂在墙上的东西。我们还曾经从德国的一家旅店里带走了一个鹿角。

晚上，我妈跟阿什瓦德去参加烛光巡游。几千个人手里全都举着蜡烛，有的步行，有的坐在轮椅上，有的躺在病床上，在玫瑰圣母圣殿的周围、一座巨大的马利亚圣像的后面形成了一条闪闪发光的队伍。我妈眼里噙着泪水，在整个巡游中都牵着我大哥的手。她手里拿着玫瑰花环，虽说是个印度人，既不认识马利亚，也不认识耶稣。她跟着念叨，就像阿什瓦德跟着电台里的歌曲哼哼一样。那些歌他从来没听过，却很喜欢跟着唱。

到了房间，阿什瓦德爬上床，在小熊旁边躺了下去。我妈帮他盖好被子，唱起曾经给我跟我哥都唱过的摇篮曲："月儿明，风儿静，树叶儿遮窗棂啊……"虽然这首歌从来没有出现在 538 电台里，阿什瓦德还是很喜欢听。我妈一唱就是二十年，这首歌成了一首永恒的摇篮曲。

我妈躺在另一张床上，被阿什瓦德的呼噜声吵得睡不着觉，那声音比我妈的呼噜声还大。然而她并没有弄醒我大哥，而是盯着房间的天花板，还有天花板上的蜘蛛网、斑点和裂缝。在她之前，曾经有无数个人在黑暗中一边祷告，一边盯着那些弯弯曲曲的裂缝。她想着她的第一个孩子，她的骄傲，想着他开着长长的轿车，想着亲吻他的公主，最后终于睡着了。

第二天的早饭八点钟开始，每张桌子上都摆着一个小篮子，里面装着面包和抹面包吃的东西。我妈只要看一眼就知道每个人只有一个羊角面包、一小段法式长条、两小盒果酱和一小盒黄油。还没坐到桌前，我妈就抱怨起来。那位拿着咖啡壶走来走去的法国女士，扬起眉毛为自己听不懂英语而抱歉。看来她真的不了解我妈。阿什瓦德把抹好果酱和黄油的面包塞进嘴里时，我妈便冲向厨房。倒咖啡的女士简直不敢相信自己的眼睛。她一生中见过很多圣徒，然而还没有一个从厨房里偷面包和果酱的。我妈不觉得自己在偷东西。她从来不偷东西，她有属于自己的权利，也为此付了钱。后来我妈又在万众瞩目下再次走进厨房，为午餐做准备。因为酒店里的早餐得保证他们支撑到下午才行。

1858 年 2 月 11 日星期四，圣母马利亚出现在贝尔纳黛特·苏比鲁斯面前，就在卢尔德马萨贝耶的洞穴里。贝尔纳黛特当年 14 岁，是一个穷人家的女儿，正在跟她的姐姐和一个朋友捡柴火，当这个女孩赤着脚正要跨过洞穴里的小溪时，一个女的突然出现在她面前，“她穿着白色的衣服，戴着白色的面纱，系着一条白色的丝带，每只脚上都有一朵黄色的玫瑰”。于是她们一起膜拜耶稣，再后来圣母马利亚就消失了。

后来就发生了十七件神奇的事情。有一次，小溪变成了泉水，贝尔纳黛特喝了几口，据说是圣母马利亚叫她喝的。还没到一个星期，第一个奇迹就发生了。来自卢巴亚克的三十八岁的凯瑟琳·拉塔皮把瘫痪的手臂伸进泉水里，整条手臂就马上恢复了正常。

1862 年基督教徒证实了那些奇迹，第一次朝圣是在 1873 年。从那时起，卢尔德就吸引了世界上成千上万的圣徒，现在每年有五百万人会去那里朝圣。泉水创造了六十个奇迹：瞎子恢复了视力，癌症病人战胜了肿瘤，精神病患者突然变成了正常人。

我妈牵着阿什瓦德的手，来到了那个洞穴。时间还早，洞口却已经排起了长队。大多数是老人，时不时也会出现一些年轻人。我妈在队伍中间看见了一群戴着白帽子的人。一开始还想让阿什瓦德戴上白帽子，往前插队，不过后来又想到了一个更好的主意。有一个通道是专门给残疾人开设的，比如拄着拐杖、坐着轮椅，又或是躺在病床上的人，可以直接进洞。

“你去干吗？”当我妈从以极慢的速度往前挪动的老人队伍里走出去的时候，我哥问。

“站在那儿别动。”我妈用印度语回答道。这是一个秘密的约定，一个阿什瓦德和我妈之间的秘密。我妈只要说出那几个字，甚至只要说出一个“别”字，我大哥就知道我妈另有计划。

五分钟后，我妈推着一张轮椅回来了，叫阿什瓦德坐进去，我哥看了直摇头。

“你想被敲吗？”我妈说着举起了手。“敲”也是一个神秘的词语，我也知道。我们只有乖乖遵守约定，才不用承担后果。

我大哥叹了几口气，坐进了轮椅里。队伍里的人们惊讶地看着眼前发生的这一切。阿什瓦德的腿没有问题，其实整个身体都没有问题。圣徒们摇起了头，还有几个很气愤。奇迹可以让人们重新站起来，而不是坐进轮椅里。我妈对周围反对的声音视而不见，推着阿什瓦德一路向前，走向那个圣母马利亚曾经显灵的洞穴。我哥保持安静，也许是想要避免闹剧的发生，就跟我整个童年都在避免闹剧一样。

任何时间任何地点都要占小便宜是我妈的天性。然而她这么做也是为了阿什瓦德，而且主要是为了他，为了康复，他等的时间已经够长了。

来到洞穴里，人们开始触碰岩壁，有的用手指，有的用嘴唇，还有人拿着照片在墙上摩擦。照片上是生病的奶奶，又或者是躺在恒温箱里的婴儿。我妈的眼里噙满了泪水，宛如波涛汹涌的大海，涌起一阵阵悲伤的海浪。她从钱包里掏出看护卡，按在洞穴灰色的石头上，轻轻地祷告起来，吟唱着歌词，就跟在阁楼的小房间里一样。

这时，阿什瓦德站了起来，他很好奇，想要去摸一摸岩壁。人们突然鼓起掌来，队伍里也传来一阵欢呼。一个日本女人竟然晕倒了，我妈很生气，叫阿什瓦德赶紧坐下去。她一边用印度语骂，一边把我大哥推出了洞穴。

轮椅被送回到一个坐在地上的印度男人那里，我妈答应用一顿午餐来感谢他。午餐的内容是一个羊角面包和一小盒果酱。

我妈和阿什瓦德去的下一个地方是十七池，那里的泉水就是贝尔纳黛特曾经喝过的泉水，有治愈疾病的魔力，为了这水，我妈特地从鹿特丹赶了过来；为了这水，圣徒们从世界各地赶了过来。

阿什瓦德觉得水很凉。

其中一个池子旁边站着一个荷兰修女，穿着白色的长袍，说自己是修女约翰娜。

“我叫阿什瓦德，”我大哥说，“住在第贝利亚斯小巷3号，鹿特丹，邮编是3061BJ。”自从我哥记住了家里的地址，就会把地址告诉遇见的每一个人，有时候还会加上他最爱吃的东西：“长蛇。”不过这会儿并没有。

“您好，我是凡德奎斯特太太。”我妈说，她接电话的时候也是这么介绍自己的。在她的护照上写着维娜·阿鲁瓦利亚，这姓我们从来没有听说过，是一个没人知晓的故事，一个谜。

修女约翰娜先带圣徒去更衣室，再把他们带进和带出池子。她想手把手地教阿什瓦德，我妈没同意。

“我们是一起的。”我妈说，接着就和我哥一起进了更衣室。

我妈说得没错，如果这世界上有两个人永远属于彼此的话，那就是我妈和我大哥。两个睡觉都会打呼噜的人，两个只需要一个字就互知心意的人，一对一辈子都会在一起的母子。每个孩子都想跟爸妈去面包店或者银行。阿什瓦德已经不是个孩子了，然而每次我妈要出门的时候，他都会问：“我可以一起去吗？”

我妈先下的水，脑袋沉了下去，闷了十秒钟。相信泉水的治愈魔力的人，就能痊愈。比如说凯瑟琳·拉塔皮、安东尼娅·莫林、维多利奥·米凯利、利奥·施瓦格、塞西尔·多夫乐·德弗兰苏。名单越来越长，最近安娜·桑塔尼罗也被加入了奇迹手册。1952 年她来到池边，结果治好了关节风湿病。这个奇迹在 50 年后，也就是 2005 年 11 月 9 日才被载入史册，就这样，安娜·桑塔尼罗成了第六十七个在卢尔德被治愈的朝拜者。这载入史册的时间刚刚好，要是再拖得久一点，准确地说，是三个星期零两天，高龄的安娜就等不了了。

约翰娜修女扶着我妈从水里走出来，只见她浑身颤抖，嘴唇发紫，水珠滴落在乳头上。

这会儿轮到阿什瓦德了。他把一只脚踩进水里，紧接着就传来一声尖叫。

“右脚也进去。”修女说。

阿什瓦德摇着头，说：“冷。”

“适应一会儿就好了。”

过了一会儿，阿什瓦德又傻笑起来，原来是看见了墙上的画。画上的马利亚怀里抱着耶稣，一只胸裸露在外面。“你好啊！”我哥大叫起来，“你好！”

我妈闭上了眼睛，等待奇迹的发生。

约翰娜修女轻轻祷告起来，就跟我妈刚刚走进水里的时候一样。

阿什瓦德还在盯着那幅画，就跟看电视似的，是无声的《海滩救护队》。

“另一只脚。”我妈严肃地说。

阿什瓦德全身上下就只有脑袋在动，拼命摇晃起来。

我妈举起手，说：“要被敲吗？是不是要被敲？”

我哥又是叹气，又是吵闹，最终右脚还是消失在了水里。

“很好。”修女说。

阿什瓦德像个牙齿打架的雕塑一样站在水里，不知道自己身在何处，这是在干吗；也不知道我妈为什么充满期望地看着他，为什么那个穿着白袍子的女人在轻声念叨。这一切都让人不解，即使你会看书、写字、算算数、看时钟，也会感到不解。

我妈双手合十，还从来没有跟奇迹这么近距离地接触过，也许她的儿子就要回来了，就跟当初生他的时候希望的一样，是上帝恩赐的一份礼物。

“快躺下来。”修女说。

“我的天哪！”阿什瓦德不情愿地坐了下去，膝盖露出了水面。

“太冷了。”阿什瓦德说，先伸直了左腿，然后又伸直了右脚，接着就完全消失在了水里，从脸到胸，从膝盖到脚趾。

最近的一次奇迹发生在 1987 年，法国人让 - 皮埃尔・贝利的多发性硬化症被治愈了。在那之前，十一年前，十二岁的意大利女孩德莉萨・西罗丽从轮椅上站了起来，那把轮椅她这辈子都不再需要了。“信者则灵，”我妈在心里默念，“信者则灵。”

阿什瓦德一下子站了起来，闭着眼睛，手臂和肚子上全是鸡皮疙瘩，水从身上滴下来，大口喘着气。

重生，我妈想，他重生了。

我哥睁开了眼睛，首先看见的是修女约翰娜穿的白袍子。“同性恋臭婊子，”只听我哥大叫起来，“肮脏的同性恋臭婊子！”

修女赶紧在胸前画起了十字，我妈把一块浴巾盖在了他的肩膀上，试图让他冷静下来，然而此刻的阿什瓦德根本无法平静下来。

“同性恋臭婊子！”声音在整个沐浴区回荡起来，这会儿就连他的耳朵上也起了鸡皮疙瘩。

修女又画了一下十字，我哥骂一次，她就画一次，这辈子她应该还没画过这么多十字吧。

阿什瓦德冷得发抖，想要报仇，用手泼起水来，脚也在水里乱踢，修女的长袍子湿了。

“阿什瓦德！”

我妈使尽全身的力气，叫起了我哥的名字，声音超过了泼水和叫骂声，也超越了气愤和虔诚，周围一下子安静下来。

阿什瓦德用羞耻的目光看着我妈，她的脸都湿了，分不清是泪水还是圣水。

那天下午，大巴要返回乌特勒支。在出发前还有一点购买纪念品、吃冰激凌的时间，然而我妈另有打算。只见玫瑰旅馆的服务生拿着四个行李箱，跟在我妈身后，走向洞穴旁的水龙头。阿什瓦德问：“我们这是要干吗？”

“把水带回家。”我妈说。

阿什瓦德点了点头，不再问什么了，总算安下心来。而那个服务生对即将发生的一切还一无所知。

自从家里装了水表，我们的生活就又多了一个限制。水表会计量水的用量，以前我们家每个月缴固定的水费，水随便用；而自从有了水表，用一升就得付一升的钱，也就是说每一滴水都是钱。我妈把自来水公司的工作人员挡在门外好几个月。要是有人敲门，我们就不许出声，跟站在门口的是德国军人似的。可是，我们最终仍然没逃得掉——水表被安在了总闸上。从此以后我们就一滴水也不许浪费：每周也就只能洗一次澡，而且每次还不能超过一分钟；冲厕所的开关失灵了，上过厕所后要用装着雨水的桶来冲；水龙头下面摆着瓶瓶罐罐，用来接滴下来的水，接到的水会被用来泡茶或者洗碗；所有的植物都被摆到了街上。我们从外面带水回家，比如说学校、单位里，还有田径俱乐部，但凡有可能的地方都不会放过。

服务生把四个箱子并排摆在地上，我妈一一打开箱子，从里面拿出了六个蓝色的大水罐，就跟变魔术似的。没准到了下一个城市，会从箱子里变出一群绵羊来。

其他的朝圣者都是买装在圣母马利亚形状的瓶子里的卢尔德的圣水，当作纪念品带回家，而我妈把六个大水罐全都装满了，总共一百八十升，在未来的一段日子里水表估计是不会再转了。

有几个朝圣者又摇起头来，对我妈的行为品头论足。在我妈的耳朵里，那些声音跟昆虫的叫声根本没什么区别。

第二个水罐放在水龙头下面，已经装满了。服务生咬紧牙关搬水桶的时候，我妈正在给阿什瓦德理头发。刚刚从水里爬上来的时候，阿什瓦德的头发给弄乱了。我妈够不着他的头发，因为阿什瓦德将近两米高，我妈要比他矮 30 多厘米。她左手拿着梳子，右手拿着水，爬到了一个行李箱上，就这样在阿什瓦德的头上梳出一个中分来。那道中分梳得很直，就跟电影明星和那个深藏在我妈心底的船长的中分一样。

我承认，想到这些，有时候泪水会从我的眼眶里溢出来。等六个水罐全都装满了，我妈叫服务生把它们全都搬到大巴那里去。

“那不可能。”服务生说。

在我妈的世界里就没有不可能的事情。

服务生把行李箱放在了轮椅上，轮椅还是从早上的那个印度男人那里借来的。就这样来来回回走了七趟，大巴也因此延误了半个小时。看来这个服务生也无法胜任在孟买火车站挑行李的重担。

大巴司机站在车前，拿着乘客名单。这回换了一个司机，在阿什瓦德的名字后面打了一个钩，名单上仍然没有我妈的名字。

“没错。”我妈一边说，一边让我大哥先上车。

“您呢？”司机问。

我妈回过头，看着卢尔德，看着那个发生过无数奇迹的地方。可是奇迹并没有在她身上显灵，对阿什瓦德来说也一样。

不过还是有一点安慰的，那就是那张看护卡。我妈拿出卡片，微笑地看着司机。

所长

De Superintendent

我是在印度孟买的铁路医院里出生的。1981 年的第一个清晨两点二十八分的时候，助产士的手接住了我，那时的我刚刚从满是蝴蝶的童话森林里来到人间，她把我抱起来，交给了我妈。我妈接过我，抱在了怀里。我睁开了眼睛，那双深色的小眼睛泛着蓝色的光。

我妈告诉我：我小时候撒尿、大哭、找奶喝，全都井井有条。当时，夏尔马阿姨和她的女儿尼兰陪在我妈身边，男人是不可以进产房的。我爸当时在 6852 公里以外，在鹿特丹的军营里，作为军役输血站的陆军中尉，要补服军役。我大叫起来。我爸在研究单克隆抗体，用来抵抗尘螨。

是夏尔马阿姨的老公，也就是我的叔叔，给鹿特丹的军营打的电话。电话打到一半出了问题，据说是有鸟来捣乱，叽叽喳喳叫个没完。在电话的一头，也就是极度炎热的孟买，我叔叔告诉我爸，我妈生了个儿子。而在电话的另一头，是寒冷的冬天，我爸以为我是个女孩儿，可把他乐坏了。在生了两个儿子之后，终于盼来了一个女儿，还给她起好了名字，叫伊娃·玛利亚，几个月前就想好了。军官们纷纷恭喜我爸，穿着绿色军装的男人们互相拥抱，喝起了气泡酒。我爸还给我做了一张出生卡片，剪裁完美的纸上画着一只鹳，嘴里叼着一块粉白色的布。

这时候第二个电话打了过来，是我妈。电话里出现了尖叫声，是我的尖叫声。之前电话线上的鸟儿又出现了。

我爸问情况如何，问伊娃·玛利亚怎么样。

“谁？”虽然隔得很远，我妈的问话仍仿佛一支箭，射向了我爸。

“我们的伊娃呀，我们亲爱的女儿，啊，我真是太高兴了。”

“恩斯特。”我妈毫不犹豫地说，这个名字也是几个月前就想好的。这次我爸妈做好了充分的准备：恩斯特·罗洛夫·阿伦德·凡德奎斯特。这是一个全身皱巴巴的小东西，长着小手小脚，还有一个小鸡鸡，是个不折不扣的男孩子。

“哦。”我爸在电话另一边说，很吃惊，也许就跟听说我大哥出生时的感受是一样的吧，还不愿相信这是真的。

“是个儿子。”又是一支箭，这下还真射中了，我爸脑海中那团粉色的云朵彻底粉碎了。

我的哭叫声再次证实我来到了这个世界上，恩斯特来到了这个世界上。

我爸咳嗽起来，说他已经把出生卡片送到店里印刷去了。卡片上用高雅的字体写着：伊娃·玛利亚。还有我的出生日期：1981 年 1 月 1 日，凌晨两点五十八分，3254 克。

过了一会儿，这条灾难般的信息才传到电话的另一头。后来，我妈告诉我们，在那没说话的几秒里，她是在想办法，试图挽救那场灾难。出生卡片拿去印刷了，费用是拿不回来了，没准她可以把我给换成一个女孩子。那样的话，卡片就能派上用场了。

“在印度，每个人家都想要儿子，”若干年后，我妈说，“而我们家有三个。”

跟平时一样，我们吵了起来。可是这句话我以前从来没有听说过，不知道该怎么回复。

“我们完全可以把你换成一个女孩，想换谁就换谁。”

这话听起来像是在惋惜。看来，我爸还不如做新德里的一只老鼠，而我确信，如果我当年被留在孟买，会过上比现在幸福的生活。

“你还在吗？”1981 年，我爸用鹿特丹口音的荷兰语问，当时他正在军营里和尘螨做斗争。

我妈还在吗？我爸怎么能这么蠢？从什么时候开始，他除了呼吸还被允许发出其他的声音了？我妈用印度语大声吼叫骂起人来。如果电话线上还有鸟儿的话，这会儿准会被吓得掉下去。

当每隔十分钟肚子就疼一次的时候，我妈的姐姐和姐姐的女儿开车带她去了铁路医院。一路上烟花绽放，黑色的空中出现了金色的花朵。烟花发出了巨响，在孟买郊区的一座白色房子里，争吵声如雷轰顶。

在出生后的几个星期里，我住在夏尔马叔叔阿姨家。他们家的墙是浅色的石灰墙，半夜里就仿佛到了清晨。

他们跟我讲一连串我小时候的故事。说我是个吵闹的小孩，睡得很少，经常又是哭又是叫，他们管我叫“嘟嘟男孩”。对了，这里的他们是夏尔马阿姨、我的哥哥们，还有我妈。

他们就只跟我讲了这么多，日子一天天过去，乳白色的晨雾掀开了帷幕。我睁开眼睛，看着这个世界，努力把画面“写”成故事，然而一切都很小，比如我的手臂和腿，我的手和脚。在我的世界里除了挪动、发出声音、饿和渴，就什么也没有了。也许本该如此，在生命起初的日子里，就是一片空白，宛如喝了遗忘之水。在这种情况下，字词是不合适的，显得太大，太沉重，仿佛丢进水里泛起大波纹的石头。

我出生后一个月，我妈就把行李箱收拾好了。两辆出租车来到门前，一辆装行李，一辆给我们坐。在过去的几天里，我妈在商店里各种扫货，把比荷兰便宜十倍的东西全都买了下来：锅子、刷锅子的海绵、牙膏、厕纸，还有箱子，不然的话都装不下。

出租车也比荷兰便宜，不过这有悖于我妈的信念，我妈坚信最便宜的选择才是真理，在这种情况下，最便宜的选择是公共汽车。“走路更便宜，”我妈突然说，“不过那只是假象。要是走路的话，就会吃得更多，鞋子也会被磨坏。”

叫出租车的是我叔叔，他是我妈的反面教材，把钱花在昂贵的衣服上，经常在外面吃饭，还总爱打车。四年后，在我出生后我们第一次去看叔叔阿姨。我径直走向叔叔，抓住他的手，却找不到我妈说的那个掉钱的“洞”[1]。

我们在黑暗中飞了九个小时，我喝着我妈的奶，忘记了身后发生的一切。那是一个被遗忘的故事。

到了荷兰，一个穿着制服的白皮肤男人在机场等我们。那是我爸。他第一次把我抱在怀里时，我在睡觉。不过据我妈说没过多久我就醒了，因为我闻到了尸体的味道，大哭起来。

“那是螨虫的味道。”我爸说。

我妈说：“快提箱子吧。”

复活节的时候，我们全家去我爸工作的军营过夜。军营空无一人，我爸是值班的军官。跟螨虫的抗争进行得不太顺利，于是他们开始用中国的分子制药做实验，冷战掌控着整个世界。

1　掉钱的“洞”：意思是指作者的叔叔特别能花钱。

按规定家属是不允许在军营里过夜的，然而我妈坚信，在复活节期间，我爸肯定会有一晚上睡不着。而我不是那种过了三个月就一觉睡到天亮的小孩，而是只会让父母感到绝望的小孩。也许当时的我就是一颗炸弹，终有一天会把整个家炸得七零八碎。用波兰诗人切斯拉夫·米沃什的话来说："当一个作家出生时，这个家也就完了。"

那天晚上，也就是复活节的第二天，我爸妈打消了再生小孩的念头。三个小孩就够了，三个儿子，虽说三在印度是个不吉利的数字，是不幸和厄运的征兆。我们小时候，要不带两个，要不就是带四个面包去学校，也从来不许玩"一二三木头人"的游戏。然而在军营里，在无尽的黑夜里，我妈坚定地说："三个就够了，三个很好！"

也许我妈的这句话，这些辞藻就是我的人生篇章的开头。现在就算下石头也没关系，大风已经扰乱了湖面的平静，世界早已做好了全面的准备，眼前的画面让人们联想起灾难片的场景。

我的想象引起了一场无辜的喷嚏风暴。虽然整个军营里连一只螨虫也没有，阿什瓦德还是打了一整夜的喷嚏。只有约翰睡着了，发出轻吟的声音，沉迷在梦之国。我的存在应该要感谢他。这样的小孩，养十个也不困难。然而我来到了这个世界上，并不是上帝的恩赐，而是第三个孩子，象征着不幸和厄运。

我喝了十六个月的奶，我妈的胸哺育我、安抚我。十六个月过去后，我妈受够了，把辣椒酱涂在乳头上，好帮助我断奶。然而作为半个印度人，我觉得辣椒酱很好吃。最终还是我妈在孟买买的牙膏发挥了作用。我妈买了很多那种又粗又白的牙膏，味道苦极了，跟苦瓜差不多。

我妈把食物送到我嘴边，我就把嘴巴闭上，嘴唇紧紧地合拢在一起。什么胡萝卜呀，茴香呀，红菜头呀，我都不吃。我不吃的，阿什瓦德就把它们全都消灭干净。跟几年后一样，那时的我成了一个不听话的小孩，后来又变成一个招人烦的青少年。也许正因为他什么都吃，才成了我们三个中个子最高的。

小时候，我唯一自愿吃的东西是芒果。有照片为证，很真实的照片，成了我最初的回忆。

同样的石膏墙，同样的亮光，只不过白雾不再来自牛奶，而是香烟的烟雾。一缕弯弯曲曲的烟，宛如是一只看不见的手在空中画出来的一样，形成了一行行飘摇的、神秘的文字。

夏尔马叔叔是我们的远房亲戚中唯一抽金边臣[1]香烟的人。他专门跟一个退役的英国军官买烟，每个月军官都会托人特地把香烟从英国海运过来。有人说那个军官以我叔叔买香烟赚的钱为生。他抽了一根又一根，有时候还同时抽两根。不知道是记性不好，还是怀旧情绪泛滥。每当这时，他

1 金边臣：英国香烟品牌。

的眼睛就凝视着远方，额头上出现直直的皱纹。刚把一根香烟在烟灰缸里捻灭，手就又塞进了裤子口袋里，拿出一包白色的金边臣，弹出一根香烟，点燃，然后深吸一口气，烟雾从他的嘴巴里冒出来，形成了一个圆圈。等他回过神来，额头上的纹路消失了，就会用空闲的那只手拿起烟灰缸里的香烟，送到嘴边，就这样，微笑着，一会儿抽一口第一根，一会儿又抽一口第二根。

我妈很讨厌我叔叔的这个习惯，让我们离他远一点。“抽烟很危险，”我妈跟我们说，“能把人抽死。”然而，越是禁止不许做的事情，我们就越是好奇。于是，我每天都站在叔叔坐着凝视远方的椅子旁边，看着他一根接一根地抽烟。我的两个哥哥站在我旁边，我们一起试图解读那飘在空中的白色的、弯弯曲曲的“文字”，仿佛在解读叔叔的想法。

有一次我成功地从烟灰缸里拿到一根香烟，我们飞快地逃跑，就像发现了印第安人的宝藏似的。叔叔似乎什么也没发现，漫不经心地从口袋里拿出金边臣，重新点了一根。

我把香烟递给阿什瓦德，要是他死的话，问题应该不会那么严重。他把香烟塞进嘴里，可是嘴里并没有冒出烟来。

“你得把嘴巴做成一个O形。”我说。

阿什瓦德张开嘴巴，香烟掉在了地上。

约翰捡起香烟，说：“烟灭了。”

突然，我妈的脚步声出现在附近。我立马溜走了，阿什瓦德也跟着我逃跑了，只有约翰站在原地，手里拿着那根香烟。我躲进了花园里，听见我妈大声叫起来，约翰号啕大哭，被我妈“敲”了。约翰比我个子高，总是替我挨揍。

当我又回到叔叔的椅子旁边时，只见他的食指来回摆动，说：“调皮啊，真是太调皮了。”说完就切了一块芒果，递给我。我立刻把芒果塞进嘴里，好大一块。芒果的汁水从我脸上流了下来，我看着空中那越来越细、越来越轻的烟雾，直到它们完全消失在半空中。究竟是哪些辞藻、句子隐藏在那些透明的烟雾后面呢？又是用哪只手写的呢？

就在此刻，我也能感受到同样的吸引力，想去那烟雾帘子后面看个究竟。时至今日已经出现了成千上万行文字，组成了一个故事，仿佛飘在空中的一条生命。这就是我看见的，我读到的，我深深吸入肺里的东西。

1928 年 9 月 5 日，阿满宇·夏尔马出生在比吉诺尔县，一个位于北方邦的小地方，离孟买还挺远的。他的爸爸是一个鞋匠，妈妈负责照顾十个孩子。阿满宇也是第三个儿子，不过在他后面还有四个女儿。在他的童年里，只有阳光、尘土和米饭，别的就什么也没有了。家里穷得底朝天，除了梦想别无所有。

每个月都会有个男人从城里拿着电影放映机来到阿满宇住的县城里。这个人穿着白裤子、白衬衫，每个手指上都戴着闪闪发光的戒指，在这个荒凉的地方，这就是富有的象征。他沿着警察局的墙，把凳子摆成一排排弓形。放映机安在警察局对面那座房子的屋顶上。每当这时，聚集的人比去参加医生的儿子和律师的女儿的婚礼的人还多。住在附近的孩子们都屏住呼吸，看着那个高高悬挂在绳子上的机器。当画面出现在墙上，虽说不是很清晰，阳光也很强烈，孩子们还是看明白了：在比吉诺尔县外面存在着另一个世界，那里有一条出路等待着他们。

就这样，漫长的等待开始了。等待太阳下山，等待天空先变成红色，再变成紫色，直到世间万物在一片深蓝色中褪去了颜色，接下来天就黑了。每个月的等待都是那么漫长，然而等待给村子里带来了快乐，等待的人，都知道自己为什么而活。

阿满宇四岁的时候，看了人生中的第一部电影：《电影院女孩》。他坐在一个小山丘上，离警察局的墙大概 100 米，看不太清，看到的也许是电影院的魔法：动来动去的画面和漂亮的人物。他永远也不会忘记普利维拉·卡普尔的脸，那个被我妈照顾过的电影明星，而现在正出现在比吉诺尔县警察局的墙上，又帅气又年轻。

晚上阿满宇回到家，被他妈一顿揍，一直打到手疼。阿满宇在两个妹妹之间躺了下去，却怎么也睡不着。并不是因为灼热的皮肤，而是因为那张出现在他面前的卡普尔的脸。卡普尔面带笑容，露出了洁白的牙齿，乌黑的头发中间梳出一条笔直的中分。阿满宇擦掉脸上的泪水，用湿湿的手指摸着头发，从左往右，脸上出现了一丝笑容。阿满宇·夏尔马有梦想了。

第二天早晨，阿满宇是家里第一个醒的，站起来大声说："我要当演员！"

他的妹妹们揉着眼睛，开始嘲笑他。

这时爸爸也醒了，没好气地说："什么事啊？"

"阿满宇想要当演员。"一个妹妹傻笑着说。

"有毛病吧。"妈妈说。

阿满宇还记得妈妈那双有力的手，决定不再多说什么，吃完饭来到了大街上，走到一个水闸前，把头伸到水龙头下面，用手梳出了一个中分。阿满宇奔向一个有镜子的男人，照一次镜子要付一个卢比。

"我要当演员，"阿满宇说，"等我出名了，付你一百个卢比。"

男人听了，摇了摇头。

"一千个卢比。"

一会儿，男人拿出了镜子，镜子里出现了阿满宇的脸，还有那湿润、乌黑的头发，一笑起来，嘴里缺的三颗牙就露了出来。

一整天，阿满宇都带着这样的笑容，在镜子和水闸之间来来回回跑个不停，就这样度过了平凡的每一天。一个月后，那个拿着电影放映机的人再次来到村子里，阿满宇是第一个拿着凳子来到警察局的墙前面的广场上的。几个年龄比他大的男孩把他赶走了，没过多久他又回来了。

“我要当演员！”阿满宇大声叫道，“我会变得跟卡普尔一样出名！”

有人笑了起来，每次都会有人笑话他。

晚上，阿满宇还是在那群男孩子中抢占了一个位子，坐在一座房子的屋顶上看起了电影，回到家，就被打了屁股。他哭着求情，可是妈妈的手无法阻挡。后来，很多年后，只要他盯着远方出神，妈妈的那双手就会出现在眼前。

* * *

这时，电影放映机又大又黑的箱子里传出了声音，白天阿满宇忙着摆椅子的时候，惊讶地看着那些箱子从大木箱里给搬了出来。他正想去帮忙的时候，一只手出现在他的肩膀上，那是一只戴满金戒指的手。

“以后再说吧，”那个放电影的人说，“等你长大了。”

这是那个男人第一次跟他说话，阿满宇把手指伸进头发里，从左往右抹着头发，张开嘴露出了笑容，嘴里的乳牙随时都可能掉下来。

那个男人笑了，从衬衫口袋里拿出了一张照片，照片的边框宛如白色的波纹。

“普利维拉·卡普尔！”阿满宇叫了出来，后来才看见了照片上的黑线，是卡普尔的签名，于是幸福地哭了。

当星星出现在空中，电影也就开始了，今天播放的电影是《世界之光》，这是印度第一部有声电影。有人说话、唱歌、跳舞。电影在孟买上映的时候，还有警察来维持秩序，以防观众太激动了闹事。比吉诺尔县的居民不敢相信自己的眼睛和耳朵，观众们惊奇地看着彼此，还有人站起来，找声音的来源；有的人则鼓起掌来，还有人把手指塞进了耳朵里。阿满宇享受着电影里的歌曲，张大嘴巴看着演员的舞步，情不自禁地跟着动起来。只见他抬起腿，扭着屁股，在屋顶上跳起舞来。

第二天，电影里那欢快的旋律随处可见，比吉诺尔县仿佛变了一个地方，成了另一个世界。每一个街角，每一个商店，每个人家都回荡着电影里的第一首歌曲。阿满宇也在家里唱起来，整个印度都在唱这首歌。

阿满宇的妹妹们一个个都搬了出去，结婚、生子、给孩子们起名字，然后没日没夜地在房间和厨房里，在市场和广场上，在大街小巷里大叫那些名字。然而有一天，那些叫声会消失殆尽，到那时，孩子们就要独自面对这个世界了。

阿满宇十七岁那年离开比吉诺尔县的时候，裤袋里就只有一把梳子。他长高了，仿佛一棵结实的大树。哥哥们在田里干活儿，每天早晨太阳还没升起，就要跑上 12 公里路。晚上回到家，又累又脏。

“孟买，”那个带着电影放映机的人曾经对他说，“电影都是在那里拍的，你应该去那里。”阿满宇应该不是印度唯一梦想登上白色荧幕的男孩，无数个男孩都怀揣着这个梦想，不断地追逐。“去吧，”那个男人说，“如果你决定了，就要全心投入。即使没有饭吃，没有地方睡，在绝望里越陷越深。如果你做了决定，就要全力以赴，不然就留在村子里，别再做梦了。”

阿满宇的妈妈站在站台上，大叫他的名字。这是他最后一次听到她的声音。阿满宇·夏尔马决定去追梦了，而且会全力以赴。

他可能再也见不到妈妈了，而后来妈妈见到了他，是在他出发六年后，三月里一个星云密布的夜晚，比吉诺尔县里洋溢着欢愉的气氛。从第一排传到第二排，再到第三排、第四排，直到最后一排。又从电影广场传到了屋顶和小山丘上，最后来到了夏尔马的家里。

电影被暂停、回放，再暂停。荧幕上的那张脸跟警察局的那面墙一样大。“阿满宇！”人们叫成了一个声音，“阿满宇！”

他妈妈被请到第一排，看着儿子在电影里唱歌跳舞。瀑布般的音乐伴随着他的舞步，还有漂亮的露脐女人，如同穿着金子的公主。“阿满宇。”妈妈轻声说道，眼泪滑落下来，他再也听不到她的声音了。

然而，在阿满宇歌舞升平之前的那段日子里，不知道挨了多少饿，每天跟许多人一起在孟买附近的小城达达尔和维索瓦的沙滩上过夜。在那里，那些印度的年轻男孩，都有着同样的梦想，在梦想的大海中挣扎。

阿满宇在孟买不断地试镜，每一个重要的导演和制片人都不放过，比如阿尔德希尔·伊朗尼、V. 尚塔拉姆、索拉博·莫迪，都是宝莱坞耳熟能详的名字。

故事就这样产生了，这回不是断章，而是史诗。我的叔叔，那个跟我爸宣布我出生消息的人，被甘地·都德发现了。甘地·都德既是演员，也是导演和制片人，简直就是一个活着的神话，同时也整天沉迷在女人和酒精里。年轻的阿满宇肯定给普拉巴特电影公司的人留下了无比深刻的印象，当时甘地·都德在那里当助理导演。无数人一同唱着那首歌唱英雄的诗歌，整个合唱团里全是阿姨大婶，其中还夹杂着阿满宇的微笑。他的牙齿都长齐了，梳着笔直中分的那头黑发就跟《印度时报》上的那个女的一样。然而国际电影数据库并没有把阿满宇·夏尔马放在甘地·都德的经典作品的演员名单里。我仔细看着电影，一幕接一幕，试图从茫茫演员中找到我叔叔。然而他们几乎长得一模一样：同样的微笑，同样的中分。

我最后一次看到夏尔马叔叔是在鹿特丹的第贝利亚斯小巷里。那是 1990 年的夏天，我们从邻居家借了一大堆录影带，好跟一家人度过几个漫长的夜晚。其中一部电影是《夺宝奇兵 2：魔域奇兵》。我们坐在屋子外面看电影，电源接线仿佛一条长蛇，躺在地砖上。周围还有打网球的声音，球在空中飞来飞去。即便这样，我妈和她的姐姐，也就是我的夏尔马阿姨，她俩的打呼声依旧惊天动地。看来这是家族通病，虽然我阿姨每次都气呼呼地否认自己睡觉打呼的事实。

夏尔马叔叔坐在我旁边，头发没有以前那么浓密了，梳了个大背头。不过还是跟以前一样，穿着一身白色的衣服，抽着一样的香烟——金边臣。一缕烟雾围绕在他的身边，但凡有他的地方，就有烟雾。他递给我一张自己的签名照，说这张照片很值钱。不是荷兰盾，而是印度卢比。银行的货币兑换板上没有标明荷兰盾和卢比的汇率。

《夺宝奇兵 2：魔域奇兵》看上去是在印度拍的，至少背景会让人联想到印度。事实上，电影的拍摄场景是斯里兰卡，因为导演没有获得印度官方的许可，不可以去北印度拍摄。官方工作人员觉得这部电影“种族歧视”的味道太重，要求更改剧本，还要获得最终的编辑权。当我们把录影带推进播放机里的时候，并不知道这个事实。

电影的开头就出了问题。当印第安纳在喜马拉雅山里晕倒，一个偏僻的小村子里的村民以为他是印度湿婆派来的。夏尔马叔叔摇了摇头，嘟囔起来：“印第安纳是湿婆派去的？这怎么可能？”当放到人们被当作祭品祭奠迦梨女神的时候，叔叔站了起来，又说：“胡闹，简直就是胡闹。”当印第安纳面对危险发出苦笑的时候，他伸出手指向了电视屏幕，然后又点了一支烟，坐了下去。

阿什瓦德把我妈跟阿姨叫醒，说听不见电影里的台词了。结果两人都不承认自己睡着了，我妈说：“我也在看电影。”

“你在打呼噜，”阿什瓦德说，“你也一样。”一边说，一边指着夏尔马阿姨。

“他说什么呢？”阿姨用印度语问她的妹妹，我妈给她翻译。

只见阿姨气呼呼地摇着头，用印度语骂起人来，声音就跟发动困难的老爷车差不多。

夏尔马叔叔说：“阿什瓦德说得没错。”

“才不是呢，”我妈大叫起来，“我们根本没有打呼噜。”

突然有个东西从我的脑袋上飞了过去，我以为是个网球，结果是一只拖鞋。

我爸按下了遥控器上的暂停键，这样的话，电影是看不下去的，得先把问题讨论清楚才行。

夏尔马阿姨对她老公叽叽喳喳地说起来，我什么都听不懂，唯一听懂的一句话是：“老爷车发动了。”

“你们就是打呼噜了！”阿什瓦德大叫起来，“你们明明就打呼噜了！”

要不是放映机自动跳到了播放，电视屏幕上出现了一个正在吃新鲜猴脑的印度人，估计这架得吵到半夜。

夏尔马叔叔又从沙发上站了起来，走到电视机前，严厉地看着我们，摆出一副老师的样子，说："胡闹。"

他具体说了些什么我已经不记得了，不过大概的意思是：印度十亿人口，没有一个会吃猴脑。阿什瓦德是唯一对此做出回应的："我最喜欢吃长蛇。"

夏尔马叔叔并没有被阿什瓦德打断，在电视机前面至少站了一分钟，仿佛一座雕像。手上的香烟似乎也在时间里冻结了，不再冒烟了，过了一会儿，他平静地走进了屋里，而我们继续看电影。

帘子打开了，烟雾缭绕。我用的隐喻兴许是多了点。就跟看着夏尔马叔叔站在电视机前一样，后来我在一个印度传统节庆的荧幕上也见到了他。我一眼就认出了他，那高大的身材，光滑的额头，头发全都整齐地梳到了后面。他扮演的是《迦南迦南》里的警察局所长，这部剧里用了好多回放镜头，看得头都晕了。只见夏尔马叔叔突然走进镜头，步伐宁静、收敛，一副严肃、庄重的样子。他的镜头总共不超过五个，台词也很少，那个所长不太爱说话，他的出场比说话重要，只要往那儿一站，人们就无法忽略他的存在。最后一个镜头里，他把双手交叉胸前，案子就这么结了。

阿满宇·夏尔马在二百多部宝莱坞电影里出现过，这是我从不同的家庭成员那里听说的。在国际电影数据库里就只有25部，全都是在1960年后上映的。在1945年和1960年之间拍的电影都化成了烟雾。不过眼睛好的人，也能在阿尔德希尔·伊朗尼、V. 尚塔拉姆、索拉博·莫迪电影里人山人海跳着舞的演员中找到他，他的名字出现在演员表的最下面，而我总会注意到他。

有时候我会在电影里看到我自己，现代、摩登、可亲。一个苗条漂亮的女人躺在我的怀里，脚踝、手臂和脖子上戴着闪亮的珠宝。我们穿过大街小巷，走过宫殿。这是跟我擦肩而过的生活，当年如果我妈把我跟“伊娃·玛利亚”调了包，没准我就能成为这样的演员了。我想把这个故事写进书里，感觉很自然，仿佛那拥有魔力的蓝色还没有从我的眼睛里消失，我总能看到别人看不到的东西，记得很多曾经发生过的事情。

夏尔马叔叔永远不会跟卡普尔一样出名，不过他跟那个年代的电影明星都演过戏，在街上也会被人们认出来，他们跟他要签名，有时候还会拿出 100 卢比，让他把名字写上去。那个来自比吉诺尔县的小男孩仿佛巨人一般，出现在无数大城市的白色幕布上，有时候穿着警察制服，有时候穿着无可挑剔的大白褂。

在印度的电影界里，角色并不多：有英雄，有坏人，有美女，有亲家，还有这些人的伴侣，通常是一群语速超级快的神经质角色，然而，他们说的什么并不重要。作为背景，还有无数的舞蹈演员，仿佛他们的生命与电影息息相关。然而每部电影里都有一个抢镜头的人，一个有影响力的人，一个有冲击力的人，这个人就是我的叔叔夏尔马。

我从网上买的影碟，有时候七个月后才寄到我家，我会连看三遍，比如《警察局所长的故事》，还有《起诉律师》《夏尔马医生》《夏尔马侦探》《迪万的客人》。我家人借给我的影碟里，叔叔扮演的角色有酒店经理、建筑局所长、夏尔马法官，还有餐厅老板。

每次主角之间发生矛盾，我叔叔就会凭空出现。他总是迈着安静的步伐，眼里透着严厉的目光。他询问电影里的角色，平静地点头、说话，还搬来一张桌子，要不就是开出一张药单，接着又把双手交叉在胸前。就这样，印度电影里的解围之神齐活儿了。

在《夺宝奇兵2：魔域奇兵》后，我就再也没有见过叔叔，虽说2001年我们离得并不远。夏尔马叔叔在伦敦有一套公寓，邀请我们去那里住一个星期。这种免费的假期，我妈总是很感兴趣。

尼兰是叔叔的女儿，去火车站接我们。我们这次是全家出动，所以带的行李又创了历史纪录。尼兰坚持让我们打车，可我妈觉得太贵了。她先是因为司机不愿意降价，跟司机吵了起来；然后又对尼兰嚷嚷起来，后者大喊着说这不是在印度。

也许这时候叔叔应该走进这个场景，做个调解，不过那时候他已经不演戏了。七个小时后，我们又回到了家里。我爸脖子上挂着一个大旅行包，瘫在了门槛上。

2003 年 4 月 27 日，最后一幕，在伦敦的莱斯特广场剧院。来自孟买的演员带来了一场盛大的演出，唱歌、跳舞、朗诵，穿着皮毛的表演服，舞台的装饰闪闪发光。夏尔马叔叔跟女儿坐在第一排，是演员们邀请他来的。剧院里坐着三百多个观众，几乎都是印度人。大伙儿一起唱歌、拍手，一起感受这盛大的场景。

演出快要结束的时候，尼兰发现爸爸把头靠在了自己的肩膀上。夏尔马叔叔睡着了。近来，在看电影和看演出的时候，叔叔经常睡着。这一切对他来说都太繁重了。就算观众们全都站起来一起鼓掌欢呼，他仍然没有醒来。夏尔马叔叔坐在椅子上，脸上毫无表情，双手交叉在胸前。

“我的天哪，”台上的演员们说，“我生为话剧，死为话剧。”

接着便落下了帷幕。

印度梦

De Indiase droom

我妈的床头柜上有七个奖杯。那些铁质的奖杯经过时间的洗礼失去了原有的光泽，生了一层黑乎乎的铁锈，还积了一层厚厚的灰。最大的那个摆在正中间，耳朵又瘦又长，杯子很深，仿佛一个头盔。其他的奖杯都在它的光辉身影之下，从小到大依次排着。最小的几个奖杯上盖着盖子。一掀起来，就会闻到一股泥土的芳香，准确地说是夏天的泥土的芳香。

奖杯的木制杯脚上没有刻上金属图案，也没有奖杯的来源、日期、产地和比赛项目。也有可能是古董，是用来喝水的杯子，祖祖辈辈的嘴唇都沾在了这些杯子上。小时候我们也拿这些奖杯喝过水，一股灰尘的味道，喝完就哭了。

我妈会拿着布来擦那些奖杯，然而上面的铁锈很顽固，怎么也擦不掉。每过一段时间，就跟平常一样，灰尘会再次出现在奖杯上。唯一没有灰尘的地方是奖杯底下，木制的杯脚下面。那个小小的正方形下面可干净了，干净到发光。有时候，我会提起床头柜上所有的奖杯，去研究那些黑色的木制杯脚，希望能找到它们的来源地。有时候我仿佛看到一个老女人，用颤抖的手举着杯子喝水，那是我外婆的妈妈。

不久后，世界发生了彻底的变化，一切有深度的东西都变得很生硬很平庸，仿佛给了我一巴掌，叫我快醒来。

那些奖杯来自印度，准确地说是阿格拉，我妈还是个女孩子的时候，在维多利亚女王女子寄宿学校的操场上奔跑的时候。那双赤裸的双脚踩在暖洋洋的地上，松软的沙子里，胳肢窝里飘出一股味道。她在学校很有名，大伙儿都叫她飞翔的起跑。没人能在起跑线赢了我妈。

“我的耳朵很好，”我妈说，“腿也跑得飞快。”

听我爸说，在开枪前，我妈就冲了出去，他在我耳边轻声念道：“在印度飞快的起跑和不服规矩的起跑之间的区别是值得好好讨论的。”

我妈的耳朵仍然很好，脱下一只拖鞋，朝我爸的额头打了过去，说：“以前根本就没有什么起跑枪。”接着又开始讲那个站在起跑线旁边的男人，一个穿着白色无袖毛衣、说话很精准的裁判员，每次就只有这 12 个字：“站到起跑线后面，准备好，开跑！”

我妈穿着一只拖鞋从客厅跑向了房间。门都开着，她跑到房间的尽头，把手伸向空中，然后又笑嘻嘻地跑了回来，说：“我们来比一个？”

说完又穿上拖鞋，站好，做出起跑的姿势，我也跟着做出了起跑的姿势。

我爸要担当裁判的角色，就跟印度的那个裁判员一样，说出那十二个字。只不过相比那件白色的无袖毛衣，我爸只穿着一件破破烂烂的毛衣。我妈觉得，我爸不用穿新衣服。每个星期六，晾衣绳上晒的内裤上的洞大到小鸟都可以从里面飞过去。有一天，内裤会被送去一个印度裁缝那里，修修补补。

“西奥。”我妈说。

我爸不想当裁判员，因为他觉得自己会出错。可是只要我妈一叫他的名字，他就知道别无选择了。在我们家，他的名字跟死亡威胁是同义词。

“站到起跑线后面，”我爸勉强地说出这几个字，“准备好，”最后突然叫道，“开跑！”

我冲了出去，而我妈已经跑到了门旁边，赢得很彻底，足足一整个客厅的距离。

我爸摇着头，什么也不敢说。

我六岁那年，我爸妈帮我报名参加鹿特丹田径俱乐部。那是 21 世纪 80 年代一个星期六的早晨，教练叫弗雷克 · 芮格洛克，穿着紫色加黄色的运动服。我妈给我穿上了一件短裤，我是唯一穿着黑袜子的参赛队员。

我们在深红色的跑道上跑了一圈，弗雷克 · 芮格洛克跑在最前面，我们跟在后面，队伍越来越长。有些学生来参加田径俱乐部是因为他们的父母觉得运动对他们有好处。那些孩子的腿很粗，脸蛋圆圆的，脚在粗糙的跑道上拖拖沓沓。而有些孩子来参加运动，只是为了父母好。他们像有多动症似的，不停地奔跑、跳跃、弹跳，对他们来说，静止不动是无法做到的事，也是不健康的。我就属于这样的孩子。在我的身体里蕴藏着无数的能量，食用色素真是个要命的东西。

“先叫他跑个十圈再说，”我爸对教练说，“回家就安静了。”这会儿，他正和我妈坐在田径跑道旁边的草坪上。从远处看，是一幅非常平和的画面。一对年轻的父母享受着寂静和安宁。

我爸正在看一篇文章，跟前列腺有关，他成了一名前列腺癌专家，每个星期都要读一篇和这个主题有关的文章。可是，我妈不让他在家里工作，所以他就经常偷偷在厕所里看。要是在洗手间里待得太久了，我妈就会把耳朵贴到厕所的门上。

“有翻书的声音！”我妈说，“我听见了翻书的声音！”

“我有这个权利，”门的另一边说，“再说了，我正大便呢。”

我妈坐在地上，把鼻子凑到门槛和门最下面的空隙处，说：“我怎么什么也闻不到？”

“我在上厕所呢，”我爸说，“别烦我。”

“你在工作，”我妈大叫起来，“你在看文章！”

“没有！”

我妈抬起拳头，使劲敲起门来，说：“快出来！”

“等我大便完就出来。”

有时候，我爸在里面待了半个小时才冲马桶，然后小心翼翼地打开门。我妈一直在等，越等越没耐心，越等越急，堵住了我爸的去路，他得张开手脚，让我妈搜身。

“我刚刚在大便，”我爸说，“不是在作案。”

我妈的手在我爸身上摸来摸去，从上摸到下，从前摸到后，她没去海关工作真的可惜了。搜查可能会导致两种结果。要不就是摸到了我爸藏在身上的书，要不就是发现了被我爸藏在厕所下水道后面的书。最终的结果都一样，我妈把书在厕所里面撕碎。而我爸则蹲在厕所旁边，一边骂，一边把碎片从厕所里捞出来。

对一个小孩子来说，这些画面是不会很快被遗忘的。

我妈在厨房里忙活儿，在卧室里铺床，一不留意，我爸就乘机去看和前列腺癌有关的文章，并做出修改，但只有在很偶然的情况下才能得逞。有时候我妈气急了，就会试图吃掉写文章的纸。

我从跑道的一边跟我爸妈招手，跟在弗雷克·芮格洛克的后面，几乎就要超过他了。我妈也跟我挥了挥手，站了起来，让我跑快点儿。

“加油！加油！”我妈在跑道中间的草地上大叫起来，“快点！快点！”

不过，当她看到我爸又在看文章，立刻一把夺过，就跟猎鸟捕捉猎物一样。

这时候轮到我爸在草地上大喊大叫了："救命啊！救命啊！"

结果一点用也没有，我妈已经拿着文章逃之夭夭了。只见她在草地上飞奔起来，找到最近的一个垃圾桶，把撕碎的文章丢了进去。

现在，二十年以后，我爸还在研究前列腺癌。他已经离开了鹿特丹，为多伦多的健康系统工作。他成了那里很有权威的研究专家，经常在重要的医学期刊上发表文章。然而并没有什么真正的突破，攻破前列腺癌的药还没有发明出来。有时候我在想，要不是我妈把那些文章都撕了丢了的话，治疗前列腺癌的药也许早就发明出来了。我不敢去想那些英年早逝，又或者成了性无能的男人。也许，我妈就是那个罪魁祸首。

在第一次训练后，我爸就不跟着一起来了。而我妈每次都会来，一次也不会错过，比陪孩子们踢足球的父亲还狂热。每个星期六早晨和星期三下午，她都会带我去跑道，站在旁边狠命地给我加油。在第一次训练后，弗雷克·芮格洛克开始叫我"加油"，再后来和我一起训练的小孩们也这么叫我，一直叫到我二十一岁那年。

我的第一场田径比赛是俱乐部冠军杯比赛。小学生的比赛一共有四个项目：40 米快跑，丢垒球，跳远和 600 米。我有点紧张，不过跟我妈比起来，简直就是小巫见大巫。她一直在问问题，手也抖个不停，连把号码贴到我橙色的比赛服后面都困难。我觉得背后被戳了一下，刚想发怒，就看见了我妈眼里的泪花。

“妈，”我都为自己说的这些话感到吃惊，“好了，好了，没什么可哭的。我知道你很骄傲，可是过一会儿就骄傲不起来了。你爱我，是因为我是你的孩子。妈妈，快擦干眼泪，抱抱我，我们来互相鼓励。”

最后，还是约岩的妈妈帮我把号码固定在了衣服上。约岩也住在月里河小巷里，比我大一岁，跟C组的孩子们一起参赛，打算在比赛的结尾打破1000米的俱乐部纪录。到了少年组，他就会成为我的竞争对象，准确地说是我妈的竞争对象。

小学生的第一个项目是40米快跑。如今看来是很短的一段距离，那时候看来却很长，成了我记忆里的一道划痕，虽说看不见摸不着。我妈带我来到起点，问了我好多次我在哪一组在哪个跑道。我点了点头，说：“第三组，第四个跑道。”然后又撩起我的T恤，把T恤塞进了我的裤子里。要不是她的手抖得厉害，恐怕连鞋带都要重新给我系一次。

我妈那紧张的样子还是挺让人感动的，同时也让我羞愧不已。当第二组的参赛队员准备完毕时，我妈问：“你撒尿了吗？”

我突然明白自己犯了个错，赶紧摇起头来。

“恩斯特。”这声音听起来像是威胁。

餐厅的厕所离跑道很远，如果这时候去厕所，就会错过比赛。

“肚子里装着尿就赢不了比赛了。”我妈指着一棵树说，那棵树就在跑道旁边。

我试图不动声色地走向那棵树，可还是被两个学生看见了。就这样，三秒钟内，赛场上的每个人都知道了我在一棵树后面尿尿的事实，远处传来了一片笑声，划伤了一个孩子的灵魂。

“别管他们。”我妈说，说完又帮我把 T 恤塞进了裤子里。不要把外界事物，尤其是别人的话当回事，我妈也一直是这么做的。这是一条她一直遵守的法则。

这时裁判员打响了起跑枪，我们飞奔出去。“加油！”我妈大叫起来，“加油！加油！”她用整个印度家庭的激情为我加油，其中包括了爸爸、妈妈、两个儿子，还有无数的女儿。

起跑时我并没有占优势，不过是第一个跨过终点线的。我挺起胸，就跟弗雷克·芮格洛克教的那样。我妈站在跑道旁边，已经准备好了来祝贺我，她自己也跑了 40 米的冲刺。我们得往回跑一小段，这样裁判们才能看清我们背后的号码。这时秒表、嘀嘀声、铅笔、纸张和橡皮擦纷纷出现在我们面前。

“我说的吧，”我妈说，“排空小便真的有用。”说完就把我搂进那温暖、强壮的胳膊，眼里噙着泪花，轻声说，“你就得听你老妈的话。”这是她给我的意见，我得谨遵这条真理，这样一切才会相安无事。

我们来到了跳远的场地，我的头两次起跳被宣判无效，第三跳排在了第四名，这就导致我在总排名上从第一名滑到了第二名。我妈被请出了赛场，因为她跑去干扰裁判的工作。她不同意我的第一和第二跳被宣判无效。

“他还那么小，”第一跳过后，我妈对坐在沙坑前的裁判员说，“他真的尽力了。”

第二跳的时候，我妈按住了裁判的红旗，拿走了白旗，举在空中。然而，别的裁判拒绝测量结果，于是我妈就走进沙坑，庄重地说：“4.7 米。”这成绩应该可以破俱乐部纪录了，至少可以破小学组的纪录，如果这样的纪录真的存在的话。

后来，我妈在考过七次试后，终于拿到了荷兰皇家田径协会的裁判员证书，成了一名裁判。她很想成为一名裁判，并不是想要为田径比赛义务劳动，而是为了免费的午餐。比赛的裁判员都可以享用免费的午餐，还能拿到茶和咖啡的消费券。在我妈眼里，这就跟超市打折没什么区别。

一成为正式的裁判员，我妈就试图用消费券去换午餐。在第一部分比赛开始前，她找到所有的同事，企图跟他们交换餐券。有时候会拿到一张没用的券，因为她跟一个同事就消费券和午餐的交换数量无法达成协议。

只要有我妈在的地方，就有交易。

每场比赛，我爸和哥哥们都要在下午来到赛场，来拿免费的午餐。为了这午餐，我妈得不停地按下秒表，测量距离，把尺子摆在正确的高度。就这样，我们才吃上了装在塑料袋里，抹着厚厚的黄油，夹着火腿、奶酪和香肠的白面包，还有葡萄干面包和苹果。我们贪婪地吃起来，一旦回家，就什么也没的吃了。

* * *

我成了小学组的冠军，丢垒球和 600 米我都是第一。跑 600 米的时候，我妈一直跟在我旁边一起跑，几乎跑完了全程。其他妈妈大眼瞪小眼，有的无奈地摇了摇头。不过我妈对此视而不见，在我跑过最后一个弯道冲刺的时候，只听我妈大叫：“加油！加油！”

领奖台是由三个橙色的、高度不一的油桶拼起来的。叫到我的名字时，响起了一阵热烈的掌声，一直持续到我妈放下手来。我爬上最高的那个油桶，等待走上前来的裁判长。他先给站在我旁边的选手们颁了奖。在我的记忆中，他们的名字和几千个名字同时存在，无法再去挖掘，早就被遗忘了。然后，裁判长往旁边跨了一步，站在了我的面前。

这是我获的第一个奖，也是我的第一个奖杯，1987 年俱乐部小学组冠军杯。我在人群中寻找我妈的视线，发现她笑了，笑得很灿烂。这是我第一次看见她幸福的样子，就跟其他妈妈们一样。时间仿佛被夏日里突如其来的一阵风吹过，推移了一个瞬间似的。

我来到她身边，她跟所有人说我的田径才能是遗传了她和她的姐姐们。“我们都是很优秀的田径队员，”她对裁判长说，“赢了很多奖杯和奖牌，还都是光着脚赢来的。”说完还给别人看脚上的老茧。即使别的妈妈们再疯，这样的事也永远不会发生在她们的身上。

回到月里河小巷，我得把获的奖给周围的邻居们看，包括住在街对面的邻居。每个人都要知道我成了俱乐部冠军。第二天我妈跟我一起去了学校，坚持让我拿着奖杯给全班同学看。就连平时一贯严格的碧岭老师，在这样的情形下也不敢说“不”。肯定是因为我妈的眼神像一副要喝血的样子。

在接下去的几年里，我获过无数次奖，每次都要给所有人看。炫耀，是典型的印度作风。我记得每次比完赛，我们开车回家，一到鹿特丹我妈就把所有人摇醒，让我们都坐好，姿势要端正。只要我们家的房子出现在远处，我妈就会大叫起来：“开始！”我爸就会使劲按喇叭，在月里河小巷，以及后来的第贝利亚斯小巷里面开好几个来回，直到所有邻居都看到我们坐在车里的样子：我爸紧握方向盘，我的哥哥们面带笑容，我妈像个女王似的挥着手，而我要把奖牌或者奖杯举在窗外。

有一天，一个穿着红西装的老人出现在我们家门前。他的小胡子修剪得很整齐，说自己叫库马先生。我以为他是上门来推销东西的，就跟卖万能抹布的一样，正想把门关上。这时库马先生指向胸前的徽章，一枚黄金做的刺绣纹章出现在我的眼前，上面写着印度田径协会。

过了一会儿，库马先生跟我们一起坐在了客厅的餐桌前。他双手捧着茶杯，时不时喝一口。一般情况下，我们家是不会有客人的。朋友还有我爸的同事们得在家门口等着。我妈不好意思让别人看见家里乱七八糟的样子，在她捡回一堆被丢弃的油烟机罩子后，她的收集癖好又达到了一个新的高峰。对我们家来说，比起万能抹布，更需要一个心理医生。库马先生似乎看不见眼前这一堆混乱的场景，又或者是觉得客厅里堆满了录影带是世界上再正常不过的事情。可能他老婆也这样，又或者所有的印度女人都有疯狂的收集癖。

我妈用印度语跟库马先生交流，有时候会夹杂一两个英文单词，比如“冠军”“标枪”“免费的午餐”。我想离开餐桌，我妈不许，说库马先生是为我而来的。

“是专门从孟买赶来的。”这个印度田径协会的代表补充道。

我笑了，那是我的出生地。

库马先生知道我是在孟买出生的，这也多少是他来到我家的原因，不过这是我后来才知道的。

茶喝完了，我们上了楼。我妈先让库马先生看她自己得的奖，床头柜上的那七个奖杯。

“我还记得，”库马先生说着，拿起了床头柜上最大的那个奖杯，“勒克瑙[1]，1957年。”

我妈点了点头，我以为她眼里噙着泪花，原来是闪过的一道光，仿佛透过了灰尘，透过了铁锈，看见了她儿时高举空中的闪闪发光的奖杯。

“我是几千个女孩中跑得最快的。”我妈轻声说。

“站到起跑线后面，准备好，开跑！”库马先生说完，对我眨了眨眼睛。

我等待着眨眼过后的故事，然而库马先生把奖杯放了回去，放回了原来的位子，那个深色的、没有灰尘的正方形上，仿佛是对过去的密封。

我们继续往前走，走向了我的房间。我的书桌上一团糟，到处都是打开的书和笔记本，还有果核和巧克力包装纸。我当时上高二，再过两个星期就要期末考试了。我得背下五百行希腊文，是希罗多德的《历史》。面对这样的考验，我只想逃跑，跑向田径赛道，可是我妈紧盯着我，一刻也不让我从她的视线里消失。

库马先生在我的奖杯前走了一圈。我爸为我的奖杯特地做了一个柜子，柜子上有一扇玻璃门，这样我的奖牌、锦旗

---

1 勒克瑙：印度北方邦的首都。

和奖杯就不会沾满灰尘了。每个周末，我都会打开玻璃门，把新获的奖放进去，这柜子就快放不下我获的奖了。

“我可以打开玻璃门看看吗？”库马先生问。

我点了点头。

他打开玻璃门，拿起一块沉重的奖牌。这是我在戈林汉的投掷比赛中获的第一个奖。我全力以赴，参加了铅球、标枪投掷和掷铁饼。最后一项我尤其在行，丢出去的距离足足打破纪录，让1998年的排名再升一个层次。七月里，荷兰冠军赛在阿姆斯特丹举行，比起希腊语的考试，我更期待比赛的到来。

库马先生拿起一个奖杯，凑近了看。他的脸在发光的奖杯里变了形，眉毛变得很粗。他看着杯脚的金属小铁片上刻的字，喉咙里发出了一些声音，又冒出三个字：“有意思。”说完就把奖杯放了回去。库马先生要踮起脚，才能看到最上面一层，最大的奖杯都摆在那里。

“很好，”他说，“非常非常好。”看起来像是有兴趣买下那些奖杯似的。

我跟他讲每个奖杯背后的故事、日期、地点和项目。库马先生不停地点头，一直用印度语嘟嘟囔囔，我唯一听懂的一个词是“孟买”。看来库马先生很喜欢我的出生地。

接着他又说：“我给你准备了一个特别的礼物。”说完这句话，他那黑色的眉毛似乎离开了原本的地方，游离起来。

每个国家都会有一段让人无法启齿的历史，一段人们无法治愈的创伤。印度最大的创伤应该就是田径了。印度在奥运会上获得的最近一枚勋章还是在 1900 年，诺曼·普里查德获得了两枚银牌，分别是 200 米跑和 200 米障碍赛。然而普里查德是英国籍印度人。如果不算他的话，那就谈不上任何的收获了。

在其他的比赛项目中，印度也不占优势。唯一成功的一项运动是曲棍球，国家队总共获得了 12 枚奖牌，其中八块是团体金牌。个人金牌的话是在 2008 年的北京奥运会上，25 岁的阿比纳夫·宾得拉获得了 10 米气步枪的冠军，一下子成了印度最热门的单身青年。至少在我妈眼里是这样的。

阿比纳夫·宾得拉的奖牌把印度在奥运会上的奖牌排名拉到了第 18 名，跟乌兹别克斯坦齐名。

印度有 110 万居民[1]，获得的奖牌数却那么少，这是一个深深烙在国民心中的创伤，同时也是一个巨大的谜团。研究人员曾经把贫穷和成功的因素联系在一起。运动是一件奢侈的事情，而只有一很小部分人才能承担得起这种奢侈。不过乌兹别克斯坦也很穷，这是其他研究者提出的悖论。在他们看来印度的劣势主要是因为印度人身体的构造，不适合像柔道、田径、游泳、体操、划船和摔跤那样的运动。印度人最擅长的运动是板球，可惜不是奥运会项目。

1　这里疑作者笔误。本书于 2010 年首次出版，当时印度人口已超 12 亿。

即便事实是残酷的，印度人还是饱含希望。希望在1996年奥运会完败后又重新燃起：印度获得了一枚铜牌。消息是由印度的一个国家部长宣布的，他在国家电视频道里说："印度有很多优秀的人才，只是我们得睁大眼睛好好找。"就这样，一支猎头队伍成立了，直到现在还没有解散。最近体育部在泰米尔纳德邦开展了一个项目，要在渔民和街头艺人中寻找游泳和体操队员。走平衡木的演员被从街上带走，猎头队怀揣着在下届奥运会上超过中国的希望。

可能库马先生是印度体育部派出来的第一批"猎头"，还专程来到鹿特丹。他的计划是让我拿印度国籍，因为我妈还有我的出生地孟买不会让任何人产生疑问。给我开出的条件是塞康德拉巴德[1]的一套房子，就在金卡哈纳运动场旁边，那是印度田径运动的天堂。他们还会请一个欧洲的顶级教练来训练我。

库马先生充满期待地看着我，他说话的速度很快，应该是嗅到了金牌的味道。我是他眼中第一个可能在奥运会的田径比赛中获奖的人。我们只要去一趟海牙的大使馆，别的什么都不用做，也许连护照都已经给我准备好了。

我想到了学校的考试，这是一个逃过考试的好机会。

我妈看不上库马先生开的条件，摇着头，毅然决然地指

1　塞康德拉巴德：印度城市。

向我的书桌，指向摊在桌上的书和笔记本。我不能走，我得听我妈的，把希腊文背下来。

库马先生提高了声音，做出气愤的手势，不想放弃他的梦想，印度的梦想。

我妈没有反应，至少没有立即做出反应，并没有拿着擀面杖出现在库马先生面前。

我坐在椅子上，翻开《历史》，是梭伦和克洛伊索斯之间的对话，讨论谁才是这个世界上最幸福的人。看来考试是逃不了了。

我妈对库马先生招招手，让他过去。他们离开了我的房间，下了楼，下楼的速度很快，脚步很重。厨房的门开了，不久后我就听到我妈失心疯似的大叫起来。克洛伊索斯并不是世界上最幸福的人，库马先生也不是。

我听到一声巨响，立刻奔下楼，看见库马先生躺在客厅的地毯上。他从厨房逃出去，撞在了录影碟堆成的小塔上。地毯上全是影碟的零件，黑乎乎的一片。我妈忙着收拾，把东西全都装进一个塑料袋里，这将成为一个印度修理匠毕生的杰作。

我把库马先生从地上扶起来，搀着他来到了大门前。我得抓牢他，因为他的整个身体都在颤抖。而我妈只顾着收集地上的零件，丝毫不顾库马先生的感受。

站在门槛上的库马先生仍不放弃，展开了一段没有逻辑顺序、激动的独白。他念叨着维多利亚女王女子寄宿学校，阿鲁瓦利亚一家，还有我妈的姐姐们。说我有贾斯兰阿姨的才能，不能浪费了。还说我不该听我妈的，贾斯兰阿姨当初也是听了她妈的话。忽然，库马先生大喊三声“贾斯兰”。这个场景我至今都没有忘记。

他像只丧气狗似的走出了我家。

家里的地毯已经被清理干净。客厅的一角堆着几个录影带。我妈坐在沙发上，盯着前方，轻轻地哭了起来。我站在她后面，一动不动。

过了好久，我妈才说：“贾斯兰阿姨是一个很有威望的肺科医生。”说完又叫我上楼，回到我的书桌后面。

我的脚步在台阶上拖拖沓沓，到了楼上我并没有立刻走进自己的房间，而是打开了我爸妈卧室的门。在床头柜最上面的抽屉里，也就是我妈的那些奖杯下面，有从前的照片。那是很早以前的，我还没出生的时候拍的。

其中有一张阿鲁瓦利亚的全家福，是少有的、没有在历史中丢失、消失在世间的一张照片。有一次，我妈给我看过这张照片，说：“这是我出生的家庭。这是我爸，这是我妈，这是我的哥哥姐姐们，这个是我。”

那张照片放在抽屉的最下面，我拿着它回到了房间。照片上有两个男孩子，八个女孩子，一个留着白胡须的男人，一个女人，马尾辫长到可以跳绳。左边一个孩子，右边一个孩子，就此蔓延出去。

我看的时间越长，照片就变得越深沉。就跟我孩童时期看到的梦幻般的深沉一样，感觉我从来没有清醒过。一个女孩对我微笑，一头乌黑发亮的头发，一张年轻漂亮的脸庞。那是我妈，还穿着维多利亚女王女子寄宿学校的校服。站在她旁边的另外两个女孩也穿着同样的衣服，深色的裙子，白色的领子。她们是最后几个还在念书的、年龄最小的孩子。那一双双眼睛，仿佛闪亮的星星。

站在我妈右边的那个女孩是茜塔拉，她的儿子在一天下班后就再也没有回去过，一下子消失不见了。

我妈左边是贾斯兰，比我妈大三岁，大概高半厘米的样子，是照片上唯一没有看镜头的，一副神游的样子，仿佛一个做梦的人，就跟我一样。就在那一刻，摄影师按下了快门，一道闪电，一团白烟冉冉升起。

贾斯兰阿姨是一个全能明星，是八个姐妹中跑得最快的，能把铁饼丢到四十步以外，要是碰上腿短的，甚至有五十步。有时候计算步伐的人算术不好，贾斯兰阿姨就会因此丢出惊人的纪录：六十八步。

贾斯兰·阿鲁瓦利亚在铁饼界是无法逾越的，至少在风向好的时候无法逾越。贾斯兰阿姨的才能只在固定的情况下才能淋漓尽致地发挥出来：空中刮起一丝逆风，铁饼在空中越飞越高，最后停在空中，又再次落回了地面。风向不对的话，比如从后面或者从侧面刮来，又或者在完全没有风的情况下，铁饼就会从她的手里滑出去，像一个碗似的飞向空中，才飞了九步的距离就会落在地上。这个谜没人猜得透。

那时候正是印度独立后不久，田径比赛的发展还不成熟。没有田径协会，没有跑道。要运动的话就在又干又硬的地面上，连草都不愿意长的地方。铸铁球、标枪，还有铁饼，都是英国人留下的神奇的遗产。该怎么办呢？丢啊，可是怎么丢呢？

我妈很擅长丢铅球，她的秘密就是两只手一起丢。

维多利亚女王女子寄宿学校的教练都是一些上了年纪、退了休的老师，宣称他们用的培训方式是“偏方”。培训贾斯兰·阿鲁瓦利亚的那个女教练说要用辣椒。短跑用红辣椒，长跑用绿辣椒。有些辣椒辣得能让大象在一米远的地方就开始扇耳朵。

贾斯兰曾经获得了1000米的第一名，不过在到达终点线后还一直往前冲，冲向了厕所。看来是辣椒用多了。

每个季度都会有一场跟别的学校的对抗赛，维多利亚女王女子寄宿学校最优秀的学生会为学校的荣誉努力奋战。贾斯兰每次都会被选拔去参加各项比赛。她不仅跑得快，铁饼扔得远，跳高也很在行，至少在印度人的眼里是这样的。

那时候还没有背越式跳高，那是很多年后才发明出来的，又过了很多年才传到了印度。理查德·道格拉斯·福斯贝里在1968年奥运会上的背越式跳高立马被印度的运动员效仿，然而因为技术问题出现了无数的肌肉拉伤、头伤、骨折，甚至还导致了截瘫。那一跳，简直神了。

贾斯兰用的是剪式跳高，用七步起跑，快速越过跳高杆，先抬右腿，左腿紧紧跟上。这是目前最安全的技术，因为落地的方式是双脚落地。杆子后面没有软软的垫子，只有一池沙子。跳高和跳远在同一个比赛场地。

我妈发明了一种跳高技术，要用到支撑跳高杆的杆子。起跑时和跳高杆形成二十度角，然后抓住那根支撑跳高杆的杆子，起身，跳过去。有时候这会被宣判无效，不过大多数时候都能蒙混过关。对她有利的是，那时候撑竿跳还不是正式的比赛项目，不过更有可能的是，她威胁了裁判。裁判在印度可不是什么闲职，有的参赛者一边跳，一边把竿子往下压。这些女人后来都把自己的老公逼到绝望，看来她们年轻的时候就已经开始练习获得认可的技艺了。

贾斯兰保持着学校的纪录，跳的高度跟她妈妈头发的长度一样，每个季度都会增加 2 厘米，夏天的时候甚至会增加 4 厘米，因为那时候头发会长得比较快。

因为贾斯兰的杰出表现，维多利亚女王女子寄宿学校几乎赢遍了周围的所有学校。贾斯兰的名字出现在各个名誉榜上。这感觉应该和我后来体验到的甜蜜的下午是一样的：日落、干渴、满足，那些屡获殊荣的日子。

跟我妈一样，贾斯兰成了勒克瑙的冠军。我妈因为飞速的起跑赢得了那个摆在床头柜上的大大的奖杯，贾斯兰获得了七项全能的冠军。那天风向很好，辣椒的用量也很合适，她妈妈的头发也突然长长了很多。

勒克瑙的冠军可以去参加北方邦的冠军赛。在比赛中，我妈连续三次“犯规”，冲出去第一个到达了终点线，然而其他的参赛队员都还待在起跑的位子。她从来都没有如此完胜过。比赛快要结束的时候，总共八个裁判一起才把我妈从领奖台上拉下来。贾斯兰可以登上领奖台，她又破了纪录，晋级到新德里的冠军杯赛。两个月后，在这次冠军杯赛上，男子快跑项目的奖杯都被米克哈·辛格拿了。这个神童将成为 1960 年罗马奥运会上第一个进入决赛的印度人，只差一点点就成了 400 米铜牌的获得者。然而这之后印度的田径选手就离奖牌越来越远了。

贾斯兰在新德里的七项全能中获得了冠军，她的名字出现在各大报纸上。歌唱米克哈·辛格的赞歌，也有了贾斯兰的一部分。同样的欢愉，同样的赞美：他们是祖国田径比赛的希望。

然而，和米克哈·辛格不同的是，贾斯兰从来没有踏入过奥运会的赛场。爸妈让她去上大学，在印度的社会阶层里，上大学比体育比赛重要。她妈妈是这么说的：“上了大学，就一辈子有饭吃。一个奖杯会失去光彩，被灰尘覆盖。”贾斯兰听了她妈妈的话，成了一名肺科医生。

就这样，铁饼再也没有从她的手上飞出去，在空中越飞越高，飞过无数米后再次落回到地面上。

而我也一样，高考过后要去念经济学、法学或者是医学。这样的话，以后一切都会好起来。我听了我妈的话，去鹿特丹的伊拉斯姆斯大学学了经济学。不过很快就开始打瞌睡，迷失在精神世界里，而且再也不会醒来。

有一天当我宣布想要成为作家的时候，我妈在花园里点燃了一只垃圾袋，就跟那时候对待月里河小巷阁楼上的租客格里森先生一样。我听见我妈说："死鬼，快走开！恩斯特身上邪恶的死鬼，快快消失！"

她不想再见我，为我成了一名作家而感到羞耻，直到现在也一样。

不过我写这本书不是为了报仇。

我很想再听她大叫"加油！加油！"，声音穿过整片草坪，充满了兴奋和幸福。

现在这声音只会来自远方，来自我的白日梦的深处。

伍斯特太奶奶去世的时候

Bij de dood van oma Voorst

我们家除了在印度的一家子，还有荷兰的一大家子，有荷兰的叔叔阿姨、爷爷奶奶、表哥表姐。凡德奎斯特家的男人都是秃头小胡子，女人都毫无幽默感，小孩子们只对昆虫感兴趣。没有一个醉汉、艺术家，又或是诗歌的灵魂。

曾经有一个叫阿里·凡德奎斯特的人为了打发时间，把我们家的家谱放到了网上，尤金妮亚、约翰娜，还有赫尔姆露丝这样的名字陆续出现在家谱里。一看到这些名字，我就会联想到那些把生活当成义务的严肃的人。享受要么不存在，要么就是被禁止了。总的来说，这一家子没有一个会歌唱生活的人，没有。

这棵家族大树的树干粗壮，枝条笔直又整齐，再接着又蔓延出几根嫩枝，完全没有杂草，血脉纯正，从树根到嫩枝都一样，我们都是被同一块粗糙的白木头造出来的。凡是看到凡德奎斯特家跳舞的人，都会想到木偶娃娃，我们的臀部完全僵硬，无法自由摆动。

后来有了我妈那一大家子，大树剧烈地晃动起来，原有的树枝发出了吱吱嘎嘎的声音。主要是因为那些行李箱、破收音机、生锈的自行车。出生在不同世纪的约翰娜们都想掏出一支箭来。

其中一个约翰娜是我的太奶奶，我爸的奶奶。20 世纪初，她跟一个医生结了婚，比医生要年轻十五岁，当年还是个孩子。关于她的信息也就这么多了。我第一次坐在她腿上的时候，她已经八十好几了，骨头扎我的屁股。

因为她住在伍斯特的原因，我和哥哥们都叫她伍斯特太奶奶。我还从来没见过那么白的头发，比 1985 年那年寒冬从空中落下的无数雪花还要白。要再过十年，才会再次出现那样的冬天。不过那时候我们都基本上不再是孩子了。人越长大，世界就会越发失去魔力。

* * *

我们每个月都会去一趟伍斯特，每次都是开着我们家的第一辆汽车，那辆铁锈斑斑的红色拉达。有时候排气管里会冒出浓浓的黑烟，需要好几个邻居一起来推才能发动得起来。我妈用印度语给他们加油，就跟她在全荷兰的田径操场上给我加油一样：“加油！加油！”最终，马达好不容易发动了，我和哥哥们跳进车里，车一边发出噪声，一边载着我们开走了。

在出发的路上我们三个坐在汽车后排的座位，玩着

"我看得见你看不见的东西"的游戏。在回鹿特丹的路上，我们全都横七竖八地躺在车里：约翰躺在地上，阿什瓦德躺在后座上，我躺在行李架上。我还记得当时夏天的天空的颜色，柠檬黄带着火红色、紫色和深蓝色，我们下高速公路的时候，伴随着汽车发动机和车轮的声音，有一种回家的感觉。

一般来说，汽车的行李箱会塞满伍斯特太奶奶的东西。我妈想要把遗产分分清楚，而她的哥哥姐姐们也一样。所以每次去伍斯特太奶奶家，都是以一段"审问"开始。

我妈问："布谷鸟钟去哪里了？"

伍斯特太奶奶说："哪个布谷鸟钟啊？"

我妈说："墙上的那个啊。"

伍斯特太奶奶问："哪面墙？"

我妈说："约翰很喜欢那个布谷鸟钟。"

伍斯特太奶奶问："约翰是谁？"

这时约翰就要走上前，我妈会去摸摸他的头。等到要银器的时候我就要走上前去，那时候我妈觉得我的身体里隐藏着一个经济学家。

"审问"完毕后，就到了喝茶、吃放潮了的饼干的时间了。作为曾孙子，我们得告诉伍斯特太奶奶，每个月来看她是件多么高兴的事。趁这个机会，我妈就会拿着一个大袋子，在屋子里扫荡各种伍斯特太奶奶用不上了的东西。

我妈最大的敌人是我爷爷，卢森堡爷爷，并且对此坚信不疑。我爷爷曾经为了一个年轻的金发女人离开了他的妻子，还在摩泽尔河边的雷米希生下了三个孩子。这一层关系把凡德奎斯特一家弄得七零八落，搞得大家都不怎么见面了。在这种情况下，家族的大树都没有分杈或者倒掉，简直可以称得上奇迹了。真是好结实的木头。

卢森堡爷爷是太奶奶的大儿子，据我妈说，在伍斯特太奶奶几乎丢失了大部分智商的时候，卢森堡爷爷修改了遗嘱。有一次我们去伍斯特太奶奶家的时候，我妈还给我们演示修改遗嘱是一件多么简单的事。

我妈问："伍斯特太奶奶，您能在这儿签字吗？"

一张纸摆在了伍斯特太奶奶面前，她扬起眉毛，说："我看不清楚，我的眼镜去哪儿了？"

她的老花眼镜就挂在她的脖子上，不过在我妈看来伍斯特太奶奶没有必要知道这个事实。

"您签这儿就可以了。"我妈说着，指着纸上的一个地方。

"这文件是做什么用的啊？"

"以后您就知道了。"说完，我妈微笑起来。

"以后还是很重要的。"伍斯特太奶奶一边嘟囔，一边签下了字。

我妈飞快地把纸夺了回来，说："您已经同意把您的厨房送给我们了。"

伍斯特太奶奶伤心地看着厨房的门，不过一分钟后就忘了“送给”我妈的那份大礼，落在阳台上的一只乌鸦转移了她的注意力。

“看，我的丈夫又来了。”那只黑鸟落在阳台上，伍斯特太奶奶说，“亲爱的，你好啊。”

那时候我还处在一个什么都相信的魔幻般的年龄，然而约翰已经不会再被大人们的那些故事所蒙骗了，说：“那是一只鸟。”

伍斯特太奶奶点了点头，说：“我丈夫就在那只鸟里。”

阿什瓦德把脸贴在玻璃上，一脸惊讶地看着那只鸟。

“我看得见你看不见的东西，”约翰说，“这是一个藏在鸟里的丈夫。”

我妈试图把事情解释清楚，说：“伍斯特太奶奶的老公是个医生，很有钱，在拉伦[1]有一套别墅。在遗嘱里，这幢别墅要归到卢森堡爷爷的名下。为了阻止这件事发生，伍斯特太奶奶的老公就变成一只乌鸦飞了回来。”

我、约翰和阿什瓦德听得一头雾水。

“这叫投胎转世。”我妈说，还说在印度很多人都相信，人死后会再回到这个世上，投胎成人、动物或者植物，就看各自的造化了。伍斯特太奶奶的丈夫就变成乌鸦飞了回来。

1　拉伦：荷兰小镇名。

阿什瓦德说："我不要变成别的东西飞回来，做阿什瓦德就好了。"

我爸弯下腰，轻声说："该回家了吧，快跟伍斯特太奶奶说再见。"

我们排成一排，走向伍斯特太奶奶，在她软软的脸上亲了一口。伍斯特太奶奶身上总有股怪怪的味道，唯独那张脸仿佛丝绒一样绵软。

我妈打开了阳台的窗户，试图把乌鸦引到客厅里来，说："快，阿尔布雷克特，快进来。"

我的曾爷爷叫阿尔布雷克特·约翰尼斯·凡德奎斯特，他确实当过医生，也曾经跟伍斯特太奶奶住在拉伦的一座房子里，在我出生前很久就去世了，据说是心脏病犯了，死在了书房的桌子后面。凡德奎斯特家的一员就这么去世了，谈不上任何的英雄主义，也没有掌声。不是在剧院，而是在家里。不久前伍斯特太奶奶的卧室里还挂着他的一幅画，是一个坏脾气的老头儿，秃头，还留着小胡子。

"过来，阿尔布雷克特，"我妈大叫起来，"你要来保护家里的东西！"

过了一会儿，我们走向了停在养老院旁边的拉达汽车。当汽车在马路上飞驰，薰衣草般的蓝天越来越暗的时候，我在行李架上进入了梦乡。

那些东西值很多钱，要是换成印度卢比就更多了。

我发现了一件几乎无法想象的事：伍斯特太奶奶比我妈还抠门儿。我到了上学的年龄，拿第一份成绩单给伍斯特太奶奶看，她只给了我一分钱。

“去买个冰激凌吃吧，”她说，“薯条也行。”

我一脸惊讶地看着手中那枚黑乎乎的钱币，而我的成绩单上写着五个“非常优秀”。

我妈又试图给我解释：“伍斯特太奶奶经历过战争，以前没饭吃的时候就得吃树皮。”

阿什瓦德问伍斯特太奶奶树皮好不好吃。

伍斯特太奶奶赏了阿什瓦德一记耳光。有些时候伍斯特太奶奶的头脑会变得特别清晰。换作几年后，阿什瓦德可能会把她打进医院，而现在我妈正安慰着他，在他耳边轻轻说着什么。

战争，一辈子的节俭，我们都很清楚这之间的因果关系，战争给人们留下了致命的阴影。我妈没吃过树皮，却是被一头羊养大的。后来几年的情况也没有好转很多。现在我妈不会多花一分钱。尽管她，还有伍斯特太奶奶，几乎可以称得上是百万富翁了。

我妈和伍斯特太奶奶可以组成一支完美的队伍。两人都会在一片漆黑中撒尿，都只会在晚上才开洗衣机。吃完饭，都会把所有的锅子铲得一干二净，用冷水洗碗，冬天室内的温度绝对不会超过十八摄氏度。可惜的是，没过多久伍斯特太奶奶就没钱了，而且是一分钱也没有了。

她的老年痴呆症越来越严重，记忆逐渐衰退，会忘了吃饭、自己的名字，连内衣内裤都不记得穿了。养老院的工作人员开始跟卢森堡爷爷抱怨，说不能再这样下去了。有一天伍斯特太奶奶光着身子出现在阳台上，使出全身的力气大叫道："阿尔布雷克特，快回到我的巢里来吧！"

卢森堡爷爷赶紧把他的老母亲转到了奥斯特豪特[1]的护理院，位于北布拉班特省。在那里，工作人员会给她无微不至的关怀，而且还会有人给她穿好内裤。我妈不同意卢森堡爷爷的做法，不信任那里的老年看护，也不认为护理院里有爱可言。

"他是想把他妈藏起来，"我妈怨声载道地对我爸说，"这样他就不用担心了，而太奶奶会像一棵枯萎的植物一样死在护理院里。"

我爸小心翼翼地列举着护理院的优点，我妈一点也听不进去。最后一次我妈听了我爸的话，对他说"是"是在我爸跟她求婚的时候。

"在印度我们是不会这么对待家人的。"我妈大声说道，"我们会把老人接到家里，照顾他们，尊敬地对待他们，不会把他们送进那种毁灭之地。"这是我妈第一次说这样的话，刚开始我还以为是她随口说说，说错了话，听上去很有哲理的样子。其实并不然，后来她曾不断地提起那个毁灭之地。

1　奥斯特豪特：荷兰城市名。

在我妈看来，卢森堡爷爷之所以这么做，主要是为了钱。保险公司会为伍斯特太奶奶付钱，从床位费到尿布，还有吃的喝的。最重要的是，护理院没有地方可以存放伍斯特太奶奶留在养老院里的东西。伍斯特太奶奶和其他三个老人睡在一个房间里，而这三个老人都快要离开人世了，想要安静地度过最后一段时光。她带走的唯一的东西就是一件粉红色的睡衣，还有一个把一头白发固定在一起的发卡。其他东西都去了卢森堡爷爷那里，引发了我妈极大的不满。听到这个消息，她大骂起来。

很显然我妈已经忘了几年前把伍斯特太奶奶接到我们家来的那件事。伍斯特太奶奶经常待在养老院里，很少出门，我妈觉得她可怜，就请她来鹿特丹过周末。那时候我们正忙着用乐高玩具搭一个超级大的太空船，而伍斯特太奶奶的神志大多时候也是清晰的，虽然也会时不时走神。

因为我们家没有客房，我妈就在客厅里摆了一张床。阿什瓦德把自己的玩具放在了伍斯特太奶奶的枕头上，睡觉前还在她的床边坐了下来。伍斯特太奶奶把玩具猴子塞进了阿什瓦德的怀里，在他的鼻子上亲了一下。那时候，玩具猴子身上还没有足球俱乐部更衣室的味道。

“它叫什么名字？”

“小熊。”阿什瓦德说。

“这是只猴子啊。”

阿什瓦德点了点头。

“那你为什么叫它小熊呢？”

“因为它就叫小熊。”

伍斯特太奶奶开始怀疑自己，但最终还是说服自己，阿什瓦德才是那个脑子不清楚的人，说：“明天我给你拿药吃，养老院里每个人都吃那种药。”

还好阿什瓦德没听进去，说：“晚安了，伍斯特太奶奶；晚安了，小熊。”

伍斯特太奶奶在阿什瓦德的额头上亲了一下，搂着玩具猴子睡觉了。她也算是逃过了这一劫，不过第二天早晨在太阳升起后不久，客厅里就传来了恼怒的尖叫声。

我是第一个来到伍斯特太奶奶床边的。

“放开我，”伍斯特太奶奶大叫起来，“放开我！”

我刚想让她冷静下来，一只枕头就飞了过来。

“救命啊！”伍斯特太奶奶大叫起来，“有人绑架啦！”这时我妈也来到了床边。

一直到下午，我们才说服伍斯特太奶奶我们不是土匪，而是她的家人。不过我们一直不让她碰电话，这简直就是火上浇油。她要报警，告诉警察自己被绑架的地址。我们差点被抓进监狱，判个十年有期徒刑。

这次寄宿事件对所有人来说都成了一次沉重的打击，所以也就没有第二次了。也许对这个周末的记忆会让所有人对卢森堡爷爷把他妈送进护理院的决定另眼相看。不过要是说到家事，我妈的嗅觉就灵敏起来，特别针对的是凡德奎斯特那家子。

在伍斯特太奶奶住进护理院后没几天，我们就去看她了。红色的拉达汽车换成了蓝色的东风标致，虽说换了大车，我倒不能躺在行李架上了，因为腿太长了。我已经不能用一个孩子的眼睛透过汽车的后玻璃窗看世界了。时间是个很残酷的东西。

护理院里有股怪怪的味道，直接钻进人们的鼻子，还会沾在衣服上。

“是死人的味道。”我妈说这话的时候并没有注意到坐在走廊轮椅里的两个老人。

我们来到接待处，一个表情严肃的女人在那里等我们，双手交叉放于胸前。

“我们是来看伍斯特太奶奶的。”阿什瓦德说。

虽然伍斯特太奶奶住在奥斯特豪特，我们还是叫她伍斯特太奶奶，称呼这种事是不会轻易改变的。况且奥斯特豪特只是个暂时居住的地方，我们在刚刚来的路上就已经意识到了这一点。

“我这名单上没有伍斯特太太的名字。”接待处的那个女人说。

“这不是她的真实姓名。”我妈说。

“她的老公在一只鸟里。”阿什瓦德补充道，希望接待人员会忽然明白过来。然而那女人扬起眉毛，看上去有些许的不安。

我们每到一个地方，迷惘就会如影随形。我爸说出了伍斯特太奶奶的姓名，来解决眼前的这个问题。就这样，我们走向了 H2-13 大厅。在这之前，我妈还不忘大叫一声："这个毁灭之地连个会笑的人都没有。"

听到这句话后，前台的接待人员仍然没有笑。

伍斯特太奶奶在梦里喃喃自语，那些让人无法理解的字词是说给来造访她的灵魂听的，那些灵魂出现在了她这辈子的最后几个梦里。

阿什瓦德想要摇醒她，被我爸及时阻挡下来，我们要等到伍斯特太奶奶醒来，她得好好睡一觉。这期间我妈开始在伍斯特太奶奶的床头柜的抽屉里翻箱倒柜起来，可惜柜子是空的。

"没有，没有，什么也没有，"我妈嚷嚷，"全都给卢森堡拿走了。"

在我妈说出这句话的时候，伍斯特太奶奶大叫一声，醒了过来。她的眼睛得适应一下光线，没过多久就充满敌意地看着我们，那种敌意仿佛是从战争里遗留下来的。下一刻，伍斯特太奶奶就开启了长篇大论。

我们根本就不知道她在说什么，也不敢相信自己的耳朵。我爸妈充满同情地看着她，然而我们，我和哥哥们，看见一个鬼魂冉冉升起。跟孩子们相比，时间给老年人带来的后果是无法比拟的。

听到吼叫声，一个护工赶了过来，把伍斯特太奶奶按在床上，拿出了一个针管。

“新德里的老鼠也比这下场好。”我妈说。

伍斯特太奶奶渐渐冷静下来，又变成了我们熟悉的那个人，只是双手颤抖，眼里噙着泪花，仿佛一只迷茫的动物。我爸，她的孙子，抚摸着她的额头。我们依次在她那丝绒般的脸上亲吻。最后还是我妈用一首印度的摇篮曲打破了沉寂，那首永恒的摇篮曲，只听她轻轻地唱起来：“月儿明，风儿静，树叶儿遮窗棂……”

伍斯特太奶奶再次回到梦中。如果我们在生命终结的时候看到的场景跟出生的时候一样，那该多么美好、温婉与和睦啊。那片鸟儿比老虎多、果实比荆棘多的古老的童话森林又会出现在人们眼前，在光明和阴影之间的深处，人类的灵魂最终灰飞烟灭。

我们最后一次去看伍斯特太奶奶是 12 月 31 日的前三个星期，我和约翰坐在汽车后排的座位上，忙着写成绩报告单。阿什瓦德在画画，拿着一张填色图，把一只蝴蝶涂成了红色。把颜色涂在线框里面也是一项阿什瓦德在出生的时候没有学到的技能。不过他倒是很自豪，把画举在手里，就跟约翰和我把成绩报告单举在手里一样。

护理院的大门前出现了一棵松树。

“真是浪费钱，”我们走过被装饰得很有圣诞气息的松树前，我妈说，“这里的大多数人都活不到圣诞哟。”

这次我们走进房间时，伍斯特太奶奶是醒着的。她笔直地坐在床上，似乎认出了我们，知道我们是她的家人，不是劫匪。“西奥[1]，”伍斯特太奶奶对我爸说，“我的秃头小可爱。”

我和哥哥们也受到了热烈的欢迎，只不过伍斯特太奶奶把我们的名字搞混了，不过这已经不是第一次了。

只有我妈被视而不见，伍斯特太奶奶连看都不看她一眼。

我们给伍斯特太奶奶带了些水果：苹果、香蕉、橙子，还有一把葡萄，都是我妈在集市上买的，在来的路上她还说：“这样她就不会挨饿了。”我妈坚信护理院里的病人都会挨饿，这样下来，不到一个月他们就坚持不下去了。正因为这个原因，她还把水果分给跟伍斯特太奶奶睡在一个房间里的老人们。

阿什瓦德在床边坐了下来，把画拿给奶奶看，说：“这是我给你画的。”

伍斯特太奶奶感激地接过画。

阿什瓦德说：“蝴蝶。”

“哪儿呢？”伍斯特太奶奶问。

“这儿呢。”

“这怎么是蝴蝶呢？”伍斯特太奶奶又想给阿什瓦德喂药，然而目光突然僵硬起来，在我哥画的那些红色中，仿佛看出了一些邪恶的东西。

---

1 西奥：作者爸爸的昵称。

我妈赶紧把阿什瓦德从床边拉开，只见他害怕地看着自己的画。

伍斯特太奶奶突然大叫起来，就跟上次一样，破口大骂。不过这次好像在骂我们之中的某个人，应该是我妈。

“嘘，”我妈试图让伍斯特太奶奶平静下来，“快安静下来。”

这简直是火上浇油，一连串脏话从伍斯特太奶奶的嘴里喷射出来。大多数话我都听懂了，因为我曾经学过怎么样用印度语骂人。

伍斯特太奶奶大喊一声：“肮脏的咖喱丑女人！”这是本次骂人系列的结尾，接着房间里又安静下来。

“这些都是跟卢森堡爷爷学的，”我妈轻声说，“真是个魔鬼。”

我们不敢再说什么了，我和约翰双手颤抖地拿着成绩报告单，本来还想把优异的成绩拿给伍斯特太奶奶看，这样她就会给我们 5 分钱，让我们去买个冰激凌或者薯条吃。到时候我爸会多给我们一些钱，因为只有这样才真正买得到冰激凌或者薯条。

看样子，伍斯特太奶奶吼够了，刚刚还坐在床上，这会儿已经躺了下去。我和约翰都觉得这不是走上前给她看成绩单的好时候。

一个护工出现在房间门口，跟上次不是同一个人，是一张新面孔。

我妈让他离开，说一切都正常。让我们感到惊讶的是，护工居然相信了她的话，他的直觉应该很准吧。

宁静和停战大概持续了几分钟，伍斯特太奶奶慢慢坐了起来，好像在找什么东西，手在床下面摸来摸去。

“要帮忙吗？”约翰小心翼翼地问。

“我的斧头呢？”伍斯特太奶奶嘟囔着说，“我的斧头去哪儿了？”摸了半天，结果什么也没找到，于是恼怒地大叫起来，“谁偷了我的斧头？是谁？”

在她衰退的记忆里消失的战斧又奇迹般地出现在了地平线上。这时伍斯特太奶奶的怒火已经无法抑制，九十岁的老太太歇斯底里地大叫起来：“砍头！砍头！”

伍斯特太奶奶对面的那个骨瘦如柴的老人坐了起来，看了看四周，骂起人来。在这之前，我们还没有听到与伍斯特太奶奶住在一间屋子里的其他人的抱怨，如果不了解情况，还会以为他们全都死了。而现在，他们中的一个把累积的愤怒一股脑儿地发泄了出来，包含了所有的肮脏和下流。

这场面真的很超现实，两个神经病待在一个房间里，展开了一场关于生殖器和重病的“网球”对抗赛。如果有人问我那些骂人的话都是从哪儿学来的，答案肯定是奥斯特豪特的护理院。对我的哥哥们来说也一样。直到现在，阿什瓦德都没有丢弃当年“采摘”的“禁果”。

当护工来到房间里时，他都不知道要先叫谁安静下来。

这时，我妈伸手指向了伍斯特太奶奶。

三天后，伍斯特太奶奶去世了，连圣诞节都没赶得上。一天，家里的电话响了，是我爸接的，那会儿我妈正在厨房里，手里拿着擀面杖。后来她还拿着擀面杖，丢向卢森堡爷爷，结果擀面杖撞在灯上，落到了地上。就这样，我们家又多了一个破玩意儿。

伍斯特太奶奶的葬礼是在拉伦举行的，三十年前，她的老公也葬在了那里。我们一家五口坐在蓝色的标致里，外面一片苍白，寒风飕飕，地面结着白色的霜。

到达豪达[1]之前，我们谁都没有说话。阿什瓦德忍不住了，问："伍斯特太奶奶也会变成一只鸟飞回来吗？"

"应该不会。"我妈说，嘴里还念叨着什么因果报应。

"那她会变成什么呢？"

"不知道。"

"一只猪吗？"阿什瓦德接着问。

"可能吧，"我妈说，"有可能。"

"还是新德里的老鼠呢？"

我爸一脚踩下油门，一阵强烈的贴背感，标致晃动起来，接着速度又慢了下来。

1　豪达：荷兰城市名。

大伙儿又沉默起来，这次一直坚持到了墓地。

我记得墓地入口处的大树，是冬季里的椴木树。我还记得我们走过的长长的小道，在小道的末端，来自奥德瓦特[1]的表亲们站在那里。他们也长大了，然而对昆虫世界还是充满了兴趣，一个劲儿地在落叶中找幼虫。我们茫然地看着对方，就跟谁也不认识谁似的。家人在这样的情境中并不意味着什么。

家里的所有人都来了，除了伍尔夫特奶奶。这两个偶尔把一大家子联结在一起的场合——葬礼和婚礼，卢森堡爷爷的前妻是不会参与的。她的名字写在家谱里，也就仅此而已了。跟我妈一样，她永远不会原谅自己跟一个姓凡德奎斯特的人结了婚。

赫伯特叔叔也没来，不过他从来都不出席任何活动，成天在加拿大四处晃悠，背着背包，酒壶不离嘴。最后一次听到他的消息已经是很久以前的事了。

卢森堡爷爷也来了，坐在追悼室的第一排，旁边还坐着一个金发女人，是他现在的老婆。他们的孩子也都来了，理论上说应该是我的叔叔阿姨，不过年龄跟我相仿。只见他们互相拍肩膀，这个游戏我们以前也玩过，阿什瓦德总会回头偷看。

1 奥德瓦特：荷兰城市名。

我逃过了我妈监督的眼神，偷偷溜到了前面，走过了好几排位子，站在了卢森堡爷爷面前。爷爷是个光头，留着长长的小胡子，胡子的末端微微翘了起来。他的眼睛闪着光，微笑地看着我。那并不是伍斯特太奶奶房间里的那幅画上恼怒的目光，而是爷爷的微笑。

“你是恩斯特吧。”卢森堡爷爷说。

我点了点头。

“你知道我是谁吗？”

我又点了点头。

“那我是谁呢？”

“雷米希的恶魔。”

这时卢森堡爷爷脸上的笑容消失了。

这个恶魔把他妈送进了毁灭之地，我妈是这么说的，而我爸不让我这么说。

因为没人说话，所以我问：“您的小胡子的末端为什么往上翘呢？”

这个问题的答案我永远都无法得知，因为我妈突然一下子把我拉开，拖到了后排，我爸和哥哥们也坐在那里。我想要跟约翰说句悄悄话，结果被“住嘴”两个字打乱了思绪。

追悼室里的人都沉默不语，这种沉寂很奇怪，我还从来没有体验过。学校的班级里没有，阁楼上的祷告室也没有。我看着台上的棺材，据我妈说这是所有棺材里最便宜的，买的时候还在打折。阿什瓦德不相信伍斯特太奶奶躺在那里面。

约翰嘟囔起来："我看见，我看得见你看不见的东西……"

"快住嘴！"

有的人用皱巴巴的纸巾擦眼睛，我妈也流下了一滴眼泪。我们还太小，不知道什么叫伤心难过，脸上干干的，那条河似乎从我们身边流了过去。

有几个人开始讲伍斯特太奶奶的生平，卢森堡爷爷也是其中一个。可是没有人讲她在人世的最后几天，还有阳台事件，吼叫，那些劲爆的词语，那个犯糊涂、浑身发抖的人。人一死，大伙儿就开始讲另外一些故事，用温婉的辞藻，就连记忆也只剩下了光明的一面。

一切都进行顺利，大伙儿来到了墓地前，手里也没有拿着斧头或者擀面杖，一铲又一铲的土落在了伍斯特太奶奶的棺材上，变成了永久的沉寂。大伙儿流起泪来，墓地前也摆上了花儿。就跟早晨的巴伦兹先生一样，还有后来的安丁女士。

如果不是阿什瓦德突然控制不住，打起喷嚏来，一切都会相安无事。第一个喷嚏基本上没什么力气，就好像是无意中打的一样，很无辜。可是没过多久，那熟悉的"爆炸"声接踵而至，在全家人中散播开来。

我爸骂起人来。

"不是我，"阿什瓦德拖着鼻涕，凑在一个阿姨耳边，说，"是喷嚏自己的问题。"

"快，"阿姨大叫起来，"快拿纸巾来。"

我妈趁着混乱，穿过草地，走向了卢森堡爷爷。我看见她从口袋里拿出一张纸条，打开来，举在爷爷面前，这时爷爷的脸上出现了无比惊讶的表情。

“厨房！”我妈大叫起来，“厨房归我们了！”

卢森堡爷爷摇了摇头，想要转身，却被阻挡住了。

我妈的声音在整个墓地里回荡起来：“她签字了！”

伍斯特太奶奶死了，坟墓里很安宁，然而坟墓外面毫无安宁可言。据来自奥德瓦特的表亲们说，要到春天伍斯特太奶奶才会被蛆虫吃干净，到那时她才能得到真正的安宁。从此以后再也不会有任何人、任何事来打扰她了。

我希望这个冬天不会太漫长、太寒冷。

大胡子男人

De man met baard

在我妈来荷兰后不久，赫伯特叔叔就出发去了加拿大。仿佛是一种自然的因果关系，一种相遇。然而我爸妈在三年后才认识彼此，所以赫伯特叔叔在我妈来到荷兰后就马上移民的事实应该完全是巧合。

赫伯特叔叔的旅行箱里没有手链、项链，也没有耳环，而是装满了小册子和旧报纸，足足 40 公斤。从表面上看，人们会觉得他是一个非常有身份的人，因为一般人是不会带这么多行李的。

赫伯特叔叔逃离了他的祖国，一个充满了狭隘和松软土豆的环境。他拿到了技校文凭，然后就去阿尔克马尔[1]上建筑学校，结果并没有毕业。赫伯特叔叔有别的计划，一个大计划。

“做生意。”当加拿大海关问他移民的原因时，他是这么

1　阿尔克马尔：荷兰城市名。

回答的。他让海关的工作人员看他在荷兰办好的护照，还有工作许可。结果也没人叫他打开箱子，一切都很顺利。

一年前赫伯特叔叔就去过加拿大，参加建筑学校的交换项目，去新不伦瑞克省的一座农场上干活儿。农场的场主叫杰克，从杰克那里赫伯特叔叔学会了当地的语言，工作、流汗，还拥有了梦想。杰克买了一块地，打算用收成来买新的地。而新的地会更大、更宽广，就这样一直循环下去，直到变得非常富有。

赫伯特叔叔在新不伦瑞克省待了半年，这几个月决定了他的余生。回到荷兰，他感觉自己被困了起来，锁在了体系里。他无法在教室的四面墙里集中注意力，老师说的话也听不进去，满心向往宽广的加拿大，一个四处充满了可能的国家。

卢森堡爷爷那时候还没当上爷爷，住在聚特芬[1]，根本就不想知道他儿子具体有什么打算。赫伯特叔叔得拿到建筑学校的文凭，接着去博尔斯瓦德[2]上大学。“冒险家”这个词在这个家族里根本就不存在，大伙儿都得努力学习，图书馆里的生活是唯一的生活。

赫伯特叔叔不听他爸的话，在6月的一个早晨什么话也没说，一声不响地消失了。家里就只少了两只行李箱，其他

1 聚特芬：荷兰城市名。

2 博尔斯瓦德：荷兰城市名。

东西都原封不动。一个星期后，收旧报纸的人来了，面对一叠薄薄的报纸，很是失望，没人知道赫伯特叔叔几乎把所有的报纸都带走了。谁会这样做呢？谁会带着两个装满旧报纸的行李箱漂洋过海呢？

也许确实有那么一个凡德奎斯特家的人怀揣着诗人的灵魂。赫伯特叔叔剃了个光头，留着小胡子，跟家里的人看上去很不一样。他无法在荷兰湿润的土地上扎根，准确地说，他在哪儿都扎不下根。他的生平是一个大洞，一段距离，是一个空空的房间和一片光秃秃的土地。

我妈一直害怕我变成赫伯特叔叔那样，一个白吃白喝的人，一个流浪者，在家里格格不入。其实在我的内心深处，我一直希望跟随赫伯特叔叔的脚步走下去。大大的脚步走过漫长的路，离这个世界越来越远。

“做生意。”就是因为这个原因，赫伯特叔叔在 1969 年去了加拿大。他没有制订周密的计划，也没这个必要，生活本来就充满了各种可能性。他对朋友和同班同学保证自己会成为百万富翁，得搭乘飞机才能把他的庄园尽收眼底。

赫伯特叔叔第一个去的地方是彼特罗利亚，位于安大略省的兰顿县。那是一个拥有五千个居民的小城市，还有一座高中和五座教堂。一个世纪前，詹姆斯·米勒·威廉姆斯在那里发现了石油。一道黑线从地底下喷射出来，这是北美石油工业的起点。淘金者从各地赶往彼特罗利亚，到处又挖又刨，直到现在还能从那块地底下抽出石油来，真是不可思议。

赫伯特叔叔把行李箱放在了当地最大的一间办公楼门前，敲了敲门。一个胖乎乎的男人打开了门，赫伯特叔叔伸出手，说自己叫赫比。农民杰克也是这么叫他的，在加拿大他就叫这个名字。赫比·凡德奎斯特，一个做生意的人。

他跟那个胖男人讲自己的故事，告诉他自己是从什么地方来的，还有听说彼特罗利亚正在寻找有远见、拥有大计划的生意人。

“我就是你要找的那个人。”赫伯特叔叔说。

胖男人没有立即做出回应，这是在他有生之年第一次碰到一个留着小胡子的光头男人跟他这样打招呼：“我就是你要找的那个人。”他突然想到了彼特罗利亚报上的一篇文章：《阿姆斯特丹的流浪人》。胖男人不自觉地抓住了门把手，说现在唯一的空闲职位是秘书，一周工作三天。

赫伯特叔叔对胖男人表示了感谢，拿起装着报纸的箱子走了，走向了另外一座办公楼，比先前的那个小一些、矮一些，然而到了那里他也遇到了一个用惊讶的眼神盯着他的男人。赫伯特叔叔并没有因此灰心丧气，拿起箱子，又走向了另外一座办公楼。结果不管到哪里，听到的答案都是一样的，彼特罗利亚没生意可做。

是赫伯特叔叔来得太晚了，晚了一个多世纪。也许是他少了我妈的求生能力，又或者是少了她的擀面杖。

唯一有活儿干的地方是一个信教的农民的农场，城乡交界处。正值收割的季节，赫伯特叔叔可以立马开工。

“我就是你要找的那个人。”赫伯特叔叔兴奋地说。一个卖报纸的小男孩都可能变成百万富翁，为什么一个农民的帮手就不可能呢？有一天，记者们会把他的故事登上报纸，描述赫比·凡德奎斯特那让人无法想象的职业生涯。

我现在写这个故事，是因为除了我之外没有第二个人会写，也没人知道这个故事。就连我自己也不清楚整个历史，不知道所有的细节和事实，不过我也不需要全都知道，大致的故事线索形成了生活的轮廓。灵魂在黑暗中揭晓着这样那样的事实，一个农场，一辆拖拉机，还有田里的电话亭。

农民把赫伯特叔叔带到阁楼上的一个小房间，递给他一件牛仔连体服，上面钉着铜质的扣子，胸前的标签上写着“员工专用”几个字。

一周七天，赫伯特叔叔坐在脱粒机旁边，火热的太阳挂在空中，周围是无边无际的稻田。我只要闭上眼睛，就能看见他坐在那里，看上去很幸福，也很遥远，一个人孤零零的。我眼前的那幅画面似乎在跟我开玩笑，把我带向了那片金黄色的田地，发出了沙沙的声音，仿佛一大片黄色的云朵，鸟儿们在脱粒机后面啄稻谷吃。即便我从割过的田地里走过，鸟儿们也不会受到惊吓，那是一种自由，也有一种消失不见的感觉。赫伯特叔叔转过身，看着身后割过的田地。

在一天快要过去的时候，那条道就不复存在了。我试图跟他招手，他看不见我，因为我是想象的影子。

到了第七天，教堂里响起了钟声，赫伯特叔叔被叫了起来。农民夫妇要去教堂，赫伯特叔叔得跟着一起去。他坐在木头板凳上，听牧师讲耶稣给人们指路的故事，每个人都要沿着那条路走到底。农民夫妇不停地点头，赫伯特叔叔咬着手指甲。这个教堂让他想起了阿尔克马尔的教室，他听着牧师的话进入了梦乡。

过了三个星期，田里的麦子全都收割完毕。农民走起路来的样子也不一样了，似乎平静了许多。田地变得光秃秃的，颜色也变深了。收割机器被拆开来后，生活似乎转移到了屋子里。赫伯特叔叔开始研究马达，每天都在跟汽油和沉重的工具打交道。手变得很黑，脸也变得很黑，背整天弯着，发出吱吱嘎嘎的声音。

夜幕降临，赫伯特叔叔身心疲惫地坐在一棵大树下，看着天空，开始研究天空中云朵的含义，还有突然改变方向的风。他是一个对机器的各个部位了如指掌还能预测天气的男人。

星期天人们都待在屋子里，先是坐在教堂的木头板凳上，然后又去别人家做客。农民夫妇把赫伯特叔叔带去教会的一个朋友家里，那个朋友生活作风极其端正，就跟女人们的穿衣风格一样。农民夫妇希望赫伯特叔叔能遇到一个女人，和她共同组建新的生活。他们把赫伯特叔叔当自己的儿子看，因为上帝没有恩赐于他们，给他们带来一个孩子。

每个星期天农民夫妇都会精心打扮，去别人家里做客。赫伯特叔叔一边喝茶，一边听着茶勺碰在杯子上的声音。通常他坐在农民夫妇中间，那家的女主人坐在左边的沙发上，女主人的右边是她的老公，再右边是他们的女儿，一个不到二十岁的女孩儿，长得可难看了：粗粗的眉毛，牙齿跟马一样。这个村子里的居民很少，是一个相对封闭的团体，所以近亲结婚这种事经常发生。

“还有人想吃饼干吗？”这是女主人经常提的一个问题。

＊　＊　＊

就这样，一年过去了，农民眼里噙着泪水，来到了赫伯特叔叔面前，想要让赫伯特叔叔成为他们的合伙人，这样叔叔以后就能继承他们的公司了，包括农场的土地、机器，还有整座农场。

农民指着那片金色的土地，这以后都是给他的“儿子”的。

赫伯特叔叔就跟当年消失在聚特芬一样，消失在农民夫妇的生活里，什么话也没说，一手提着一个箱子，离开了。我似乎听见夜晚里他的脚步声，一直走到天明。路上只有他一个人，宛如星空下的一个点点，一个不想结婚也不想要孩子的男人。远处出现了一缕光，再过一个小时，农民夫妇就会醒来，等待听到头顶上的脚步声，还有旧木地板发出的吱吱嘎嘎的声音。来到一个 T 形路口，赫伯特叔叔把旅行箱放在了路边的沙地里。现在有两个可能，那辆停下来的汽车可以把他带到通往无数可能的大路上。我仿佛看见他盯着地平线，过了一会儿上了一辆白色的小车。车子开起来，沙子漫天飞扬。

他的人生传记中的第一个空洞期是三个月，可能是去哈明顿做了一名商人，可能待在马克哈姆，又或者是在皮特博陆或者贝勒威乐[1]，把旅行箱存在了一家汽车旅馆里，白天在一家工厂里监控龙卷风警报。这个工作很单一，每天只需要按时报到和离开。

而在聚特芬的家人们还在等待一封来信，一丝生命的迹象，仍然希望有一天赫伯特叔叔会回来，会出现在家门前的台阶上。他既是儿子，也是兄弟。虽然天气寒冷，赫伯特叔叔却没有穿外套。

一天夜里，家里的电话响了，电话里的声音听起来很遥远，像是在梦里一样。卢森堡爷爷问："赫伯特，是你吗？"

"我在渥太华。"赫伯特叔叔大声说，当时他站在威灵顿大街的一个电话亭里，身边的汽车飞驰而过。那时正值晚上，到了吃晚饭的时间，人们都赶着回家。"我有工作了，"赫伯特叔叔说，"在一家实验室里上班。"他还说自己在一家

1 哈明顿、马克哈姆、皮特博陆、贝勒威乐：均为加拿大城市名。

奶制品实验室里当起了技术研究员，研究牛奶里的细菌。这是一份全职工作，每两个星期就会拿到一份薪水。

说到这儿，电话就挂断了。赫伯特叔叔的硬币消失在电话里，而卢森堡爷爷仍然握着电话，虽然电话里除了沙沙声，再也没有别的声音了。

赫伯特叔叔在渥太华的一家实验室里做起了技术研究员，在彼特罗利亚的东北部，足足600公里的距离。用建筑学校里累积下来的经验，赫伯特叔叔在实验室里做实验和检测。鼻子上架着一副厚厚的眼镜，身上穿着一件白大褂。周围是四面墙，没人认识他，也没有任何的期待和义务，随时可以提起箱子出发。渥太华没有什么值得他留恋的东西。

他没有养植物，也没有动物，连晒衣服的绳子也没有。

有一天赫伯特叔叔的一个同事让他去做投资，这消息可能是从当地的小报上看来的，又或者是埃尔金大街上那个卖热狗的人那里。赫伯特叔叔得到的消息总是叫人怀疑，他不相信消息的透明性，不然每个人不就都成百万富翁了吗？

尽管如此，赫伯特叔叔还是把所有的钱都投资到农业中去了。他买了麦子、玉米、小猪、土豆，一买就买了好多，足足几万公斤。结果物价上涨，赫伯特叔叔的生意兴隆起来。在短短几个月的时间里，赫伯特叔叔就赚了一小笔钱。他用赚来的钱做了新的投资，就这样，赚一笔投资一笔，直到变得很有钱。

赫比·凡德奎斯特成了一个生意人。

就这样，转眼间赫伯特叔叔变成了有钱人。

一眨眼的时间，他就买下了好几座房子和办公楼，在萨默赛特西街 789 号开了一家鱼店。现在那里成了唐人街，还有哈龙海鲜市场。从前一个留着小胡子的光头男人在那里卖鱼。赫伯特叔叔穿着一件绿色的外套，卖从渥太华的河里钓上来的新鲜的鱼。有鲤鱼、梭鲈鱼、鳗鱼，还有鲶鱼。每天从早忙到晚，身上臭气熏天，一阵风吹来，离得老远就闻到了那股臭味。历史上，凡德奎斯特家还没有一个人在鱼店里上过班，也没有一个人卖过活鳗鱼，也许正因为这样，这个家族才需要一个诗歌般的灵魂。

赫伯特叔叔很快就破产了，罪魁祸首是土豆。不是松松软软的荷兰土豆，而是那些健壮的加拿大土豆。整整 10 万公斤，价格跌得很惨。紧接着就是玉米，小麦也一样。只有小猪崽能赚钱，可是赫伯特叔叔养不起它们。他卖了房子、办公楼，丢了绿色的外套和所有的鱼，只剩下那两只箱子。他拿着箱子在黑夜中消失了。

赫伯特叔叔人生中的第二个空缺更大。几年里都没有一丝音信，仿佛从地球上消失了一般。稀薄的空气，雪地里的脚印。我想起了亚伯达省的一座小房子，在斯万希尔、坎莫尔，又或是辛顿[1]。那些位于野性边缘的地方，一到冬天就会变成零下四十摄氏度。赫伯特叔叔拿着一个杯子，喝着热

1 斯万希尔、坎莫尔、辛顿：均为亚伯达省地名。

气腾腾的咖啡。厨房里有一个女人，个子很矮，皮肤呈半透明。她每天都写日记，在床上总是不紧不慢，无法完全交出自己，似乎缺乏自信的样子，十分含蓄。他们从来不会相互抱着入睡，每天早晨女人比赫伯特叔叔早醒，醒来后就试图解读他的脸。在他的嘴角处寻找幸福和幸运，可是每天看起来都是一样的：赫伯特叔叔什么表情也没有。

夏天里，赫伯特叔叔修理屋顶，赤裸着上身，手里拿着一个锤子。女人是钢琴老师，要教一群没有天赋的孩子弹钢琴。

她等待着，等待着他离开的那天。她知道，一直都知道，从他拿着两个箱子，走进她的房子里的那天就知道。然而她想给这段关系一个机会，想相信一切都会好起来，赫伯特叔叔也一样，每个人其实都一样。我们都以美好的信念支撑着彼此。

就这样，几年过去了，六七个漫长寒冷的冬天过去了，春天一到，他们就松开了对方，彼此沉默，也没什么好说的。唯一的声音就是赫伯特叔叔踩在湿漉漉的小道上的脚印声。他随着风的方向，消失了。

女人把家里收拾干净，洗了床单、地毯、窗帘，把赫伯特叔叔用过的毛巾全都扔了，在日记本里写下了这句话："我希望我的生活从现在开始。"

那个洞最终被另外一个叔叔补上了，是威廉·凡德奎斯特，同样僵硬的臀部，光头，小胡子——简直齐活了，尽管如此，他还是跟家里人有一个不同的地方：每到一个城市，他都会去电话册子里找自己的姓。不仅在格罗宁根、鲁文、汉堡[1]，还有温哥华。就这样，在一次出差的时候，他追踪到赫伯特·凡德奎斯特的踪迹，发现他很孤单，一个人住在加拿大的海岸边。

叔叔把那一页从电话册子里撕了下来，打的去了赫伯特叔叔的住处，在温哥华西部克莱德大街上一座破旧的大楼的二楼。叔叔按响了门铃，结果没人来开门。一个好心的邻居阿姨从窗户里探出了脑袋。

"赫比很奇怪的，"邻居阿姨说，"从来都不跟我们打招呼。"

威廉了解到三件事：赫伯特叔叔没有老婆，在炒股，还有就是喜欢抽烟。

叔叔在那幢楼对面的一张板凳上坐了下来，一直等到天黑，可是赫伯特叔叔一直没有出现。也许是他看见威廉在那里等，被那个熟悉的身影吓坏了。

"他可能是死了吧。"邻居阿姨穿着睡衣大声说，接着就关上了房间里的灯。

威廉·凡德奎斯特拿着那张从电话册子里撕下来的纸飞回了荷兰，跟家人分享发现的新大陆。

"抽烟？"家里人听了都表示惊讶。

凡德奎斯特一家没有人抽烟，也没人认识什么抽烟的

1　格罗宁根、鲁文、汉堡：均为加拿大城市名。

人，赫伯特叔叔一下子就打破了这个纪录。凡德奎斯特一家还会经历如何的变革呢？赫伯特叔叔的臀部会变得柔韧起来，甚至还能跳起舞来吗？

几个月后我爸在温哥华找到了他的哥哥。那时候，阿什瓦德已经出生了，约翰还在子宫里梦想着鸟儿和果实。我还没有来到这个世上。我妈满心幸福。

赫伯特叔叔已经不住在那座破旧的大楼里，而是搬到了一座破旧的船上。船的客舱被胶带和购物袋贴了起来，客舱里面很潮湿，有一股霉味。我爸在唯一的一张椅子上坐了下来，说是家里人派他来的，他们都很担心赫伯特叔叔。赫伯特叔叔开始准备晚餐，把装在罐头里的豆子放在火上加热，慢慢地炖，水里冒起泡来。赫伯特叔叔流汗了。

“你在这儿住了多久？”

“大概半年吧。”

“打算留在这里吗？”

“不。”

这时，远处传来船的号角声。

“租金涨了，”赫伯特叔叔说，“所以我又得搬家了。”

我爸看着船舱角落里堆着的残羹冷炙，看来一个没有工作、老婆、孩子的生活就是这样的。

赫伯特叔叔把罐子递给我爸，豆子很烫，我爸等到哥哥在对面坐下来，赫伯特叔叔在晚上睡觉的床垫上坐了下去。两人吹着勺子里的豆子，吃起了晚饭。

“不久前我还是百万富翁，”赫伯特叔叔在吃第一口和第二口之间说，“还跟一个弹钢琴的女人住在一起。”

“妈妈很想你。”

“我还是一个人待着好。”

“你打算去哪里呢？”

“不知道，加拿大这么大，总能找到一个地方。”

“不打算回家吗？”

赫伯特叔叔站了起来，眼睛看着一个角落，拿出了烟管，花了好长时间才把烟丝塞进去。等他终于把烟管搞定，才问：“你刚刚问什么？”

“没什么，”我爸说，“算了吧。”

第二天我爸又回到了荷兰，回到了阿什瓦德和我妈的身边。看到了家里温暖的壁炉，吃到了熟悉的印度美食。

“什么味道啊？”我妈坐在餐桌前说。

“嗯，”我爸说，“印度咖喱鸡的味道。”

我妈摇了摇头，虽然我爸已经一个星期没有尸检了，我妈还是能闻到尸体的味道。怀孕的女人的嗅觉总是很灵敏。

“我闻到了尸体的味道！”

不久后，赫伯特叔叔就离开了温哥华，股市让他几乎倾家荡产，租金涨了，高得离谱，他得去别处寻找幸福，某些偶尔的机会也许能帮到他。

就在赫伯特叔叔打算从温哥华出发的那一天，遇到了一个刚刚在斯洛坎山谷买下了一片大理石采石场的匈牙利人，总共 400 多平方米的土地！他想要自己采矿，然后卖到市场上，可是光靠自己是不行的。那个匈牙利人往后退了一步，从头到脚把赫伯特叔叔看了个遍，说："你是我的人了！"

赫伯特叔叔很清楚，一切是因为那两个行李箱。他背着十年的 40 公斤的报纸，越过了半个加拿大。

就这样，他成了大理石采石场的合伙人，而那个采石场他还没亲眼见过。那个匈牙利人帮他提起箱子，放进了汽车的后备箱，然后一起开车去了斯洛坎山谷。总共开了九个小时，破旧的柏油马路，弯弯曲曲的小道，还有那穿过整个加拿大自然风光的泥泞的小路。好消息是大理石的质量超级好，坏消息是运费太高，导致无法盈利。

"这真是典型的赫伯特叔叔。"在不远的将来，我妈会这么说。她见到赫伯特叔叔的时候，他还是那么有本事。那本事就是在错的时刻来到对的地方，要不就是在错的时刻来到错的地方。

大理石采石场在半年内就破产了，赫伯特叔叔消失在一个黑洞里，没人知道他去了哪里，他似乎无处不在，却又哪儿都不在。加拿大没有一本电话册里有他的名字。夏尔马叔叔花了无数个日夜才实现了自己的梦想，而赫伯特叔叔在荒凉的大自然里流浪，经历了风霜雨露，也许已经放弃了梦想。他穿过了平原，翻过了大山，走过的路只有在飞机上才能一览无遗。在那片风景中，只有他一个人，可惜这片土地并不属于他，而属于驯鹿、狗熊，还有寂寞和树林里慢慢刮起的风儿。

有一天，他突然出现在我们家门口。只见一个留着大胡子、骨瘦如柴的人，头上戴着一个黑色的毛线帽。我妈吓了一大跳，不想让赫伯特叔叔进门。

“救命啊，”我妈大叫起来，“有乞丐！”

“我是赫比。”

“我要叫警察了。”我妈大叫着，就跟当年伍斯特太奶奶把我们当成绑架犯一样。

赫伯特叔叔告诉我妈他是我爸的哥哥，从加拿大来。

“这不可能，”我妈说，“那一家子就没有留大胡子的人。”

这话倒是没错，凡德奎斯特家的人都不留大胡子。小胡子是他们家的标志，而大胡子叫人无法想象，是禁忌。

我妈怎么都不相信赫伯特叔叔的话，让他在外面一直等到我爸下班回来。我和哥哥们一整天都待在家里。我妈说是为了防止我们的鞋子被抢走。

我们躲在二楼的窗户后面，看着那个留着大胡子的男人。他的身边一个箱子也没有，准确地说是什么也没有。赫伯特叔叔看见了我们，朝我们招了招手。我妈立刻拉上了窗帘。

“不许看，”她说，“不许看！你们会学坏的。”

晚上六点钟，我爸下班回到家，跟赫伯特叔叔一起走进了客厅，叫我们跟他握手，可是我们都不敢。

“这是你们从加拿大来的叔叔。”我爸说。

听到这话，我们仨全都哭了起来，我妈从厨房里走出来，安慰我们说："别怕，赫伯特叔叔只是看上去像个乞丐罢了。"

他身上有一股大地又或者是黏土的味道，我无法准确地说出具体是什么味道，不过我妈很清楚。

"什么味道啊？"吃饭的时候，我妈问。

"嗯，"阿什瓦德说，"是长蛇。"他的脸红红的，把长长的面条吸进嘴里，有时候一吸就是十根。

"到底是什么味道？"

我爸把胳膊紧紧贴在身上，继续吃碗里的面。

"是垃圾袋的味道！"我妈说，"垃圾袋的臭味搞得我一点食欲也没有了。"说着还一一列举自己都闻到了什么：香蕉皮、发了霉的奶酪，还有鸡骨头。

我也闻到了，是垃圾的味道，而且是从赫伯特叔叔身上传来的，不过他自己什么也闻不到，照常吃饭，好像几百年没吃过东西似的。我妈给他接连盛了三碗面，还跟我们解释："赫伯特叔叔比新德里的老鼠还穷。"我爸在我耳边轻声说道："尽管如此，叔叔还是很幸福，因为他从来没有结过婚。"

晚饭过后，赫伯特叔叔拿出烟管，开始往里面装烟丝。

"这是什么？"阿什瓦德问。

"是不健康的东西，"我妈说，"抽了这个，身体就会变黑，有一天还会因为这个死去。"

赫伯特叔叔把烟管塞进嘴里，起身离开了餐桌，走向了花园。我转过身，看见他站在草地上，灰色的烟雾从他的嘴边飘过，比夏尔马叔叔的烟雾要小一些，不是弯弯曲曲的，而是一团团，一点点，里面也没有故事。

“乞丐都这样，”我妈说，“都喜欢抽烟。”

约翰和阿什瓦德一辈子都不会碰香烟、雪茄或是烟管，会一直远离这些东西。要是有人在阿什瓦德旁边点烟，他会暴怒起来，有时候还会在汽车站大吼大叫：“快走开！不然我的内脏就要变黑了！”

我是家里唯一让香烟来慰藉胸膛的人，除了香烟，还有大麻神秘的烟雾。不过我并不喜欢大麻，尽管非常想成为那些反叛的年轻人中的一员。他们把这个世界视为敌人，穿着旧衣服、破外套和带着破洞的裤子，却一副很耐看的样子。我还是太乖了，是个听妈妈话的孩子。

赫伯特叔叔留宿了两夜，接着就出发去雷米希了，去了卢森堡爷爷那里。我妈塞给赫伯特叔叔一个擀面杖，还给他演示应该怎么用那玩意儿打人。我妈说：“看，就这样举到空中，然后冲他的脑袋狠狠地打下去。”

我们再也没有见过赫伯特叔叔，不过我妈倒是经常提起他。要是我们不想刷牙，她的声音就会在洗手间里响起来：“再这样下去，你们会变得跟赫伯特叔叔一模一样！”要是我们不按时回家，不愿意吃水果，又或者不准时上床睡觉，我妈都会重复这句话。从教育的观点来看，赫伯特叔叔还是很有用的，是一个会让人害怕从而敬而远之的怪兽。

我只要考试成绩不理想，我妈就会大吼着冲进我的房间，说：“赫伯特叔叔的成绩也很差，结果呢，一事无成。”后来，当我的下巴上出现了第一道胡子的踪影时，我妈就拿着一把剃刀，冲了过来，说：“你会流落街头的！会去乞讨！”

有时候我觉得我妈唯一的职责就是防止我们变成赫伯特叔叔那样：一个白吃白喝的人，一个戴着黑色毛线帽的乞丐，去大洋彼岸，结果一事无成。就跟赫伯特叔叔一样。

世界上还有两个地方会有留着大胡子的男人出没，第一个是锡尔弗顿，哥伦比亚最小的一个村子，在 6 号高速公路旁边，村子里的房子加起来还不到五个。要是从村子旁边经过没有停下来看一看，也不会有任何的遗憾。

赫伯特叔叔终止了远方的生活，在一家志愿者消防队工作，却从来不需要出勤救火。每个星期二他负责担任家庭医生的秘书，有时候也会顶替救护车司机。他跟一个叫朱迪的女人住在一起，朱迪离过一次婚，有两个孩子。赫伯特叔叔在离开我们家数年后，把这些情况都写在了一封信里，有一天信落在了我们家门口的垫子上。一个长方形的信封上贴着大大的邮票，还有张蓝色的贴纸，上面写着“航空邮件”。

一开始我妈把信藏了起来，后来又决定拿这封信给我们上一课。

“你们看看，”她大声说道，“你们看看，要是不好好刷牙，成绩不好，留胡子，身上有烂香蕉皮的味道，就会变成这副德行。你们就会跟一个离了婚、带着两个孩子的女人住在一个小村子里。”

在我妈眼里没有比离婚更糟糕的事情了，这也是她从来没有喜欢过卢森堡爷爷的原因，就连离了婚的邻居也不受她的待见。我们不可以跟离了婚的家长的孩子一起玩，要是他们来到我们家门口，就会受到我妈的谆谆教导：“在印度从来不会有人离婚！”这也许是我爸妈还在一起的原因吧，因为离婚是一种耻辱。

“这就是你们的赫伯特叔叔，”我妈不紧不慢地说，“总是在错的时候去了错的地方。”

然而赫伯特叔叔并没有在锡尔弗顿停下脚步，那只是中间停靠的一站，就好像每个地方对他而言都是临时停靠站一样。有时候他会待上几天，有时候一待就是几年。而他在朱迪身边待的时间长短不一。要是她牢牢抓住，赫伯特叔叔人生中的那个空缺就会变小；而如果她的心和手都无法抓住他，那个洞就会越来越大。

在那个空缺里，我们全都长大成人。赫伯特叔叔在加拿大流浪的时候，我在鹿特丹的伊拉斯姆斯大学学经济学，约翰正以物理地理学家的身份在摩洛哥做研究。对阿什瓦德来说，时间是静止的。他坐在房间的窗前，看着外面，看着那个永远开不了车也永远不会在一棵大树下亲吻一个女孩的世界。

我妈坐在他身边，回答他的问题：“约翰在哪儿呢？恩斯特又去了哪里？”

“约翰在摩洛哥做研究，恩斯特在学经济学。”我妈骄傲地说，接着又说，“有一天你也会去上大学的。”

当约翰留着大胡子、开着一辆载满沙子的汽车从摩洛哥回来的时候，我妈的骄傲一下子消失了。只见他旁边坐着一个女孩，美若天仙，又黑又长的头发，高高的颧骨，翡翠般的眼睛，宛如一个来自撒哈拉的公主。他们俩在一个叫赛和的小村子里结了婚，一个只有小屋和沙子的地方，荒无人烟。

“一切都白费了，”我妈遗憾地说，“一切都白费了。”

我妈没有跟来自沙漠的公主打招呼，而是直接走进了厨房，紧接着约翰的脑袋上就出现了一个大包，也是他人生中第一个脑袋上的大包，接下去的一段日子里，我们家是不会有卷饼吃了。

对我妈来说，世界上只有一件比离婚还糟糕的事，那就是跟一个穆斯林结婚。“你哪儿来的胆子，”我妈冲约翰吼了起来，“穆斯林把我们从家乡赶了出来，抢走了我们的财产。女孩子们全都要把头发剪掉，穿上男孩子的衣服，要不然就会被强奸。我们没有吃的，也没有住的地方。”

当年的最后一张嘴说话了，那张喝羊奶长大的嘴，扑哧扑哧。

约翰一手牵着他的公主，一手按着头上的包，说：“妈妈。”

我妈摇了摇头。

“妈妈。”我哥又叫了一声。

“我不再是你妈了。”

约翰和他的妻子走了，开着一辆轰轰作响的车离开了我爸妈的住处。

这下我妈又成了“孤家寡人”，只有阿什瓦德陪在她身边。

一个星期后，我的脑袋上也多了一个包，看来即使擀面杖坏了，也照样能打人。我回家是因为宿舍里没有吃的了，还因为我有一件重要的事情要跟我爸妈说。

“我不想上学了，”我坐在餐桌前说，“我要当作家，明年我的第一本书就要出版了。”

我妈气得敲起了桌子，盘子从桌上弹了起来，这次我们吃的是番茄酱通心粉，可能是因为通心粉在打折吧。阿什瓦德不喜欢通心粉，连塞进嘴里都困难，滑溜溜的，不停地从叉子上掉下去。

“臭通心粉，”我妈跑向厨房的时候，阿什瓦德嘟囔起来，“好你个臭通心粉！”

我没办法躲开我妈的那一杆子，兴许是我很想要那个包。约翰脑袋上有了一个，我也得有一个，不然就无法脱离我妈的魔掌。

“一切都白费了，”我妈又叹息起来，“我的一生都献给了你们。你们每天放学，我都在家等着你们，把你们送到这里又送到那里。我做这一切可全都是为了你们啊。”

“我只是要写一本书，”我说，“又不是去死。”

然而我妈根本就听不进我说的话，她的生活就此崩塌了。我哥跟一个穆斯林结了婚，我辍学了，而阿什瓦德还是阿什瓦德。

“我都不敢出门上街了。”我妈抽泣地说。

我爸想搂住她，却被我妈一把推开了。

“别碰我！”

我爸飞快地拿起桌上的擀面杖，他已经非常清楚该怎么逃过我妈的棍棒，在这方面他可是经验丰富的专家。

擀面杖不是唯一的武器，没过多久一只拖鞋就飞到了半空中。幸亏我爸弯腰及时，不过第二只拖鞋砰的一声落在了他的鼻子上。第二只拖鞋总能一砸就准，一秒钟后一个金属杯垫飞过了桌子。这时，阿什瓦德也丢起东西来，一边喊着“臭通心粉”，一边把盘子丢向对面。我那装满通心粉的盘子也未能幸免，番茄酱汁从我爸的脸上流了下来。

就这样，炸弹爆发了，我们家就这样完了。

“赫伯特叔叔，”我妈抽泣着说，“这都是你们那个赫伯特叔叔的错，是他带坏了你们。现在约翰留了胡子，恩斯特也辍学了，我的一生就这么白费了。”

我摇了摇头。正是赫伯特叔叔给我指明了道路，不是笔直的大路，而是丛林中蔓延开来的弯弯曲曲的小路。“我不想做别人都做的事，”我大声说，“我想去流浪，想浑身沾满香蕉皮的臭味，想变得很穷！”

就在那天晚上，我妈在花园里点燃了一个垃圾袋，大声嚷嚷道："恶鬼，快走开！恩斯特身上的恶鬼，快快离开！"

我从来都没有消失过，一直坐在电脑前，写书，盯着屏幕，我看得见一些不存在的东西，比如蓝色的雾，充满了对别处的向往。然而我不在外面，而是待在家里，没有到无边的世界里去闯荡。我的生活可以用三个词语来总结：工作、女人和孩子。

数年后，赫伯特叔叔出现在亚伯达省，在阿萨巴斯卡[1]的油砂公司上班，那个公司是做焦油砂提取的。因为烂泥和蚊子，在夏天做这样的工作简直就是煎熬。冬天地面结冰了，挖掘机器终于能挖到地里的煤矿了。赫伯特叔叔坐在一个小铲车里，挖着黑乎乎的沙地。冰冷的双手，冰冷的双脚，冰冷的骨头。有时候还得上夜班，夜里除了开来开去的卡车的大灯，周围一切都是黑的。

他会想着安大略的日子吗？想象会把他带回彼特罗利亚那些面对金黄的稻田、坐在脱粒机上的日子吗？他会想着一个面对面坐着、拿着茶勺搅动杯子的女孩吗？坐在挖掘机器里的他会想要一个家吗？

轨迹在此终结，赫伯特叔叔的最后一封信是从麦克默

1　阿萨巴斯卡：加拿大城市名。

里堡[1]寄来的，是阿萨巴斯卡唯一的城市。卢森堡爷爷收到了信，信封上有一片红色的枫叶。赫伯特叔叔在信里写道，“焦油砂会抹杀人类的灵魂。”他辞职了，无法再坚持下去，还写道：“我还不知道接下来要去哪里，北方很吸引我，西北地区，比如育空，还有阿拉斯加，可以去的地方很多。”

我仿佛看见他孤单地走在柏油马路上，手里没有箱子，看起来并不像什么重要人物，是个小角色。也许护林员会带他走，也许会连续坐三天大巴，去往另一个省，在野外总能找到事做。冬天里的急救站得有人站岗，一站就是六个星期，唯一的联系方式是卫星电话。

育空的西部有一个急救站，从前是美国的一个空军基地。低矮的建筑分布在光秃秃的平原上，还有许多倒塌的棚顶和上百架生了锈的飞机和坦克。赫伯特叔叔透过望远镜，看着无边的空地，应该会有熊出没，不过他还从来没亲眼看见过。汽车的柴油发动机没日没夜地转动，不然汽油就会因为寒冷的天气变得太厚实。

只有在很偶然的情况下，喇叭里才会传出声音，赫伯特叔叔要对此立刻做出反应。可能是猎人，又或者是需要帮助的因纽特人。剩余的时间赫伯特叔叔总是独自待着，睡在一张木床上，用火来取暖。他还会预测天气，有时候一连预测

1 麦克默里堡：加拿大城市名。

好几天。两个半月的时间里，一直在下霜。他的口粮被存放在一架飞机里，一架曾经飞过整个国家的飞机。

赫伯特叔叔是一个孤单的牛仔，没有帽子，没有马，也没有牛。一个待错了地方的牛仔，眼前是一片结了冰的沼泽地。

“真是典型的赫伯特叔叔。”我妈肯定会这么说。

一开始她不想移民去加拿大，宁愿死也不想再见到赫伯特叔叔。

“我们去的是多伦多，”我爸说，“赫伯特在加拿大的另一端。”

然而我妈并没有完全安下心来，总是担心有一天，一个留着大胡子的男人会出现在我们家门前，头上戴着一顶毛线帽，身上尽是垃圾袋的味道，而这个人碰巧是我们的家人。

我猜赫伯特叔叔不会再出现。夏天，他住在一个房车里，房车停在一个农民家的田里。他话不多，收获自己种的蔬菜。那时候，田里长着高高的青草，天空蓝蓝的。到了冬天，他就前往北方，一连几个星期都一个人待着。我看见他背着双肩包行走，嘴上总叼着一个酒壶。我听见他的脚步声，一步，两步，三步，越走越远。

想象是希望的父亲，然而我没有跟随他的脚步走下去，我不敢，看来就连我也没有诗歌的灵魂。

一步，两步，三步。

接着，四周变得一片沉寂，看来在这个一切皆有可能的国家里，也能消失得彻彻底底。

在印度

In India

值机柜台上面的屏幕显示着新德里。一个印度家庭站在我前面，爸爸妈妈，四个孩子，还有 18 个箱子。轮到他们的时候，值机的工作人员深吸一口气。爸爸把第一只箱子放到了传送带上，电子计重器显示箱子的重量是 32.4 公斤。

“超重了。”工作人员说。就在前不久航空公司改了规定，每个人最多只能带 20 公斤行李。妈妈开始跟工作人员讨价还价，指着四个孩子，又指着传送带上的那个巨大的箱子。工作人员想要把行李从传送带上拿下去。妈妈试图保持冷静，可是当检票的工作人员开始摇头的时候，她失去了耐心，骂起人来。

然而，工作人员还是不肯做出退步。

这时爸爸把箱子从传送带上拿了下来，他的老婆指向了另一个箱子，这只也太重了，电子计重器显示出一个致命的结果。

结果一家人开始重新整理箱子，所有的箱子全都打开了。大件行李被转换成手提行李，手提行李被转换成大件行李。还有些东西消失在爸爸的衣服里，只见他把玩具和吃的塞进了口袋里。

看到这儿，我想到了我爸，总是穿着一件特别重的外套过海关。我妈强迫他把箱子多余的重量以这样的方式带上飞机。一般情况下都相安无事，不过有几次检查的时候，我爸不得不把藏在身上的 10 公斤巧克力，又或者是藏在外套口袋里的一个平底锅上缴海关。

每当这时，我妈就会说："我不是叫你把头发梳梳好的吗？"

我爸说："我没有头发。"

"那这是什么？"我妈拉着我爸耳边的几束灰色的毛发问道。我妈的理论是：要是我爸不把头发梳好，看起来就跟一个从监狱里潜逃出来的犯人没什么区别，这样就会吸引海关工作人员的注意。在我爸看来完全是因为他穿着一件超重的外套，慢吞吞地走过检测门。

那个印度爸爸再次提起那个巨大的箱子，放到了传送带上，这下电子计重器上显示 28，还是太重了。

工作人员说每超过 1 公斤，就得另外交 100 欧。这时，那个妈妈立刻把箱子从传送带上拿了下来，还说工作人员是南印度乞丐的女儿。

印度人才不会为行李超重而付钱呢。

这时一个住在荷兰的家庭成员被叫了过来，看样子，不是叔叔就是表哥，手里立刻被塞满了各种各样的东西，而这次行李重组也持续了很久。孩子们坐在地上，玩起了游戏，看来早就习惯了眼前的场景。从前我们家也一样，在值机柜台前能玩整整一盘大富翁。

最终行李的重量终于合格了，机场的工作人员把标签纷纷贴到 12 个箱子上，箱子躺在传送带上，一个个消失在机场的“大肚子”里，其余的箱子可以当作手提行李带上飞机。

“走了！”那个印度妈妈对孩子们说，“快点，快点！”

终于轮到我了，我带着两件行李，两个行李箱。当我把托运行李放到传送带上的时候，心怦怦直跳，显示屏上跳出 17.7 公斤，还好，没有超重。

“您的护照。”工作人员说。

我把护照从随身带的小包里拿了出来，递了过去。

工作人员翻阅着护照，说：“您没有签证。”

“需要签证吗？”这是我的第一反应。

“需要。”她的嘴巴里就只冒出这两个字。

“我是在印度出生的，”我说，“在孟买。”

工作人员笑了，嘴角微微扬起，眼睛周围出现了些许的皱纹。

我为自己说的话而感到害羞，作为半个印度人，我以为可以不用签证，随意进出那个国家。

“对不起，我们不能让您上飞机。”工作人员说。

“我不能在机场办签证吗？”

“那您就得去海牙的印度大使馆了。”

我的内心生出一种羞辱感，脑海里涌现出十几个骂淫乱的女人的印度词语，然而我谦和地把箱子从传送带上拿了下来，电子计重器立刻显示为零。

“您可以去一号出发大厅改签机票。”

我离开了值机柜台，走向一号大厅的客服台。机票的改签费用极高，要是换作我妈，准会大吼着说，同样的钱在印度都能买一架飞机了。我把银行卡从取款机里拿了出来，飞驰向海牙。

印度大使馆关门了，庆幸的是，我可以去一个中介——印度签证服务中心办理签证。工作人员递给我一张申请表，让我去旁边的桌子上填写，还说：“要是一切顺利的话，明天您就能拿到签证了。”

我填写着申请表上的问题，把表交给了工作人员，只见她摇了摇头，指着我填写的职业“作家”，说：“这样的话，您可能要等上好几个星期了。”

于是，我的手里又出现了一张新的申请表。

“审计师，电工，服务员，”工作人员说，“什么都比作家好。”

我想说的是：“我是在印度出生的，总可以回去见家人吧！”然而我知道这样的讨论毫无意义，把刚到嘴边的话又咽了下去，走到桌子旁边把表格重新填写了一遍。姓名、地址、护照号码、出生地、国籍，接着又到了职业这一栏。我想到了我妈，还有我妈的梦想，可惜的是她的孩子们都没能帮她实现那个梦想，阿什瓦德没有，约翰没有，我也没有。当我在虚线上写出“医生”两个字的时候，我的手不停地颤抖。

这次，印度签证服务中心的工作人员点了点头，说：“明天下午晚点的时候您就可以来取签证了。”

两天后，我飞向了新德里，飞回了我出生的国家，一晃二十几年都过去了。

印度国际机场的味道闻起来就像我妈厨房的味道，洋葱、香料、红辣椒，很热，很拥挤，我提着箱子穿过一群脖子上挂着牌子的人，他们中的一个是卡卡尔叔叔，是茜塔拉阿姨的老公，她是除了我妈和贾斯兰阿姨以外年龄最小的一个女孩。

“您还记得我吗？”我从荷兰给茜塔拉阿姨打电话的时候，问道。

她想了想，说：“记得，你当年个子很小，还很调皮！”

我对最后一次造访印度的记忆只剩下一片烟云，不过那是在孟买，在夏尔马叔叔家。我们还去了诺伊达，卡卡尔一家就住在那里。

我跟茜塔拉阿姨说，我要去印度拜访家人。“随时欢迎，”电话的另一端立刻说，“只要是家人，我们就随时欢迎。”

我提着两个箱子，走过新德里机场，寻找那些我已经不记得长什么样的印度家人。我的眼睛划过无数个写着名字的硬纸板，看见“恩斯特医生”写在一个牌子上，牌子挂在一个又矮又瘦的男人的脖子上。

“叔叔？”我说。

那个男人笑了起来。

我们握了握手，都不知道该说些什么。过了一会儿，叔叔说：“快过来。”我跟着他走向了出口，那张写着“恩斯特医生”的牌子仍然挂在脖子上。有的人充满兴趣地看着我，到了机场外面我们还优先打到了车。

从德里机场开车到诺伊达大约要一个小时。到了高速公路上，卡卡尔叔叔问我旅途是否一切顺利，直到现在还没有放下接我的牌子。我有点担心我妈跟他说我是荷兰的一位非常有名的皮肤科医生，她那么好面子，这种事发生的可能性很大。然而我的称呼完全归功于我在鹿特丹上的经济学，而且还以优异的成绩毕了业。

“现在你成作家了。”卡卡尔叔叔说，话语里带着惊讶，似乎完全无法理解我的选择。从医生到作家，只听他用印度语嘟囔起来，这是我的母语，不过我还一窍不通。

天很黑，已经快到午夜时分了。我看着外面，试图用视线捕捉我的祖国的模样。几十个男人手里拿着刷子，站在马路边，正刷着路边的混凝土护栏，一道白的，一道黑的。车子开过去的时候，一点没有减速的意思，远处的车全都停了下来，一个男人躺在路上。我们慢慢地开过事故现场，只见一辆车翻在了路边，车顶瘪了进去，失去了原有的形状，这就是印度给我留下的第一印象。突然一阵恐惧向我袭来，是对这个国家的恐惧，对这里的陌生的人和陌生的语言的恐惧。我在这里干吗？我在找什么？

茜塔拉阿姨穿着睡衣打开了门，略微尴尬地拥抱了我，说："你长高了，那时候个子那么矮，还是个小调皮。"说到这儿，她自己都觉得好笑。

我们走向厨房，卡卡尔叔叔示意我坐下，那个写着我的名字的牌子还挂在他的脖子上，是忘了摘下来吧，还是会在我的逗留期间一直都戴着呢？就跟以前我一整个星期都得戴着那些个奖牌似的，要让所有人都看到我获奖了，比如邻居、老师，还有邓同超市的收款员。

阿姨问我要不要吃点什么，露出了笑容，眼里却充满了睡意。

我说了声"谢谢"，告诉她自己不饿。

"那要喝点什么吗？"

"水。"我这么说只是不想麻烦她，"水"是我认识的为数不多的不算骂人的印度词语，应该是我小时候我妈教我的。

我住的房间里有一张小床，还有一个电风扇，叔叔在跟我展示电风扇的使用方法时激情澎湃，根本不亚于卖电风扇的，说："这是遥控器，总共三挡。"我看着头顶上旋转的风扇，扇叶越转越快，叔叔又说："晚上热，就别关了。"

最后还是阿姨说我肯定很累了，轻轻地说了声"晚安"，关上了身后的房门。

我很快就睡着了，一阵海浪把我带入了梦之海。

第二天早晨我在客厅里遇见叔叔阿姨，两人都穿着睡衣，坐在地上闭着眼睛做放松练习。电视打开着，一个教父拿着话筒吟唱起来，金色的屋顶出现在电视屏幕上。

我在沙发上坐了下来，看着我妈的姐姐做着深呼吸，把手臂举过头顶，我试图辨认她跟我妈相貌之间的相似之处，然而茜塔拉阿姨就跟大多数印度女人一样：娇小的身材，又长又黑的头发，皮肤呈牛奶巧克力色。要是有人告诉我茜塔拉阿姨不是我们家的亲戚，我也相信。

过了一会儿他们来到了厨房的餐桌前，我吃烤面包，他们吃卷饼配蔬菜，已经换好了衣服，叔叔终于不再戴着那块写着我的名字的牌子了，阿姨问我睡得怎么样，说完又笑了起来。这回我突然发现了她跟我妈的相似之处。她们的牙齿长得一模一样，都又白又整齐。渐渐地，我看见了更多的相似之处：眼睛下面的斑点，脸上的绒毛，还有鼻子上面小小的皱纹，仿佛我妈的脸暗藏在那张脸下面似的。然而，茜塔拉阿姨还是很不一样的，她很安静、很和谐，卡卡尔叔叔坐在餐桌前手臂不用紧贴身体，可以放松地吃早餐。在这个家里，擀面杖只会出现在厨房里。

我喝了一口茶，看见杯子上印着荷兰银行的标志，茜塔拉阿姨说："你妈上次来看我们，从荷兰带来了好多礼物。"说完指向四周，我跟着她指的方向看了过去，看见了银行的钟、银行的台灯，还有银行的电子温度计。昨天晚上我完全没有看见这些东西，也算是个奇迹了。

"还不止这些呢。"叔叔说。

我点了点头，完全可以想象叔叔说的话。我妈在银行大概有二十个账户，童年里，我经常跟我妈去银行。有时候开账户会拿到一套笔作为礼物，有时候是电子灭蝇器。这些礼物都是给新客户准备的，然而我妈在系统里发现了一个漏洞。她欢快地刷着卡，把钱转到另一个新账户里去。免费的都是好的。就这样，我们每次都能拿着小礼物回家，就好像家里的东西还不够多似的。

这会儿，我的叔叔阿姨家也堆满了东西，也许我妈跟他们说那个银行是一个有名的设计品牌。

"我们还有印着这个标志的华夫饼。"茜塔拉阿姨说。

* * *

下午我出去散步，诺伊达跟新德里接壤，还算一个比较新的城市。住在那里的大多数人都很有钱，车都不用自己开，请了司机。有些房子的大门前还有坐在椅子上、睡意蒙眬的保安。脏衣服都有人洗好熨好。我走过的街道都已经不再是泥地了，而是柏油马路。人力车司机问我要不要坐车，奶牛在忙碌的交通中吃着草。穿着校服的孩子们跟我招手，我也跟他们挥了挥手，他们大声笑起来。他们都不是异国的人，我才是。远处，女人们提着大包，站在蔬菜摊前面讨价还价。

回到家，阿姨站在阳台上，冲楼下大叫道："你去哪儿了？可把我担心坏了。"

我来到她身边，她抱住了我，我说："没事，我只是出去散了散步，晒了晒太阳。"

过了好一会儿阿姨才把我松开，走进厨房，烧水去了。我们来到桌前喝茶，她在茶里加了牛奶，我没有加，叔叔躺在床上睡午觉。

"我平时也睡午觉，"阿姨说，"不过我刚才好担心。"眼里噙着泪水，左边一片海，右边一片海，然后又说，"我们的儿子再也没有回来过。有一天下班的路上，被一个喝醉的司机撞死了。"我听说过这个故事，是我妈告诉我的。当年的他跟我一样大，28 岁。

阿姨的眼睛跟我妈的眼睛很像，深色的湖水里满是悲伤。然而我也看见了平和与内心的平静，唯一没有看见的是那永不熄灭的希望。

卧室里传出打呼的声音，茜塔拉阿姨说："你叔叔打呼的声音比全家人打呼的声音加起来还大。"说完又笑了，站了起来，也去睡午觉了。

我试图在房间里写作，写这个故事的开头，却怎么也写不出来，看来时机尚未成熟，完全无法想象故事会朝哪个方向发展。现在到了印度，然后呢？电风扇在我的头顶上转个不停，嗡嗡嗡，结果我什么也没有写出来。

也许是我要适应一下这安宁的环境吧。在这里没有漫天乱飞的拖鞋，也没有食物中毒的邻居，茜塔拉阿姨是我妈的温柔版本。她说话的语调很平静，煮饭也不加辣椒，对她的老公很温柔。晚上会坐在我的床尾，给我讲她的故事。每天早晨四点起床，冥想两个小时，然后就会跟卡卡尔叔叔出去散步，一起做放松练习。就这样一起变老，年龄也越来越大。

我说我妈跟她很不一样，阿姨笑了，说："你还没见到你贾斯兰阿姨呢。"

贾斯兰阿姨是八个姐妹中跑得最快的，在投掷铁饼的世界里无人能敌。

"有时候她来我们家，我们恨不得躲进掩护所里。"

几天后，电话响了，是贾斯兰阿姨，她问的第一个问题就是我为什么没去看她，我还没来得急回答，她就说："你应该立刻马上来看我。"

一个小时后贾斯兰阿姨出现在门前，跟我妈还有茜塔拉阿姨的个子一样矮，然而头发是灰色的，没有染成黑色，额头上的皱纹也比她的姐妹多。

感觉像被绑架了一样，我以飞快的速度把牙刷、笔记本电脑和一本书塞进包里，拿着行李箱被贾斯兰阿姨拖到了厨房里，她一点也没有松手的意思。

她的姐姐给我做卷饼，说是路上吃，我还没吃午饭。

“你是不是觉得他到了我那里就没饭吃了啊？”贾斯兰阿姨说，“你觉得我会让他挨饿吗？”

卡卡尔叔叔飞快地钻进了厕所，把自己锁在了里面。

茜塔拉阿姨手里拿着擀面杖，并不是用来揍她妹妹的，而是安静地把面饼揉平，用平底锅做了三个卷饼。还在最后一张撕掉了一小块，笑着说：“三是个不吉利的数字。”

“快走。”贾斯兰阿姨命令道，我被拉到了外面，黄色的丰田汽车已经停在门前，贾斯兰阿姨上了车，一把关上了车门。

我转过身，看着茜塔拉阿姨，她张开手臂拥抱了我，在我耳边轻声说道：“我的孩子，记得完完整整地回来。”

以前我妈也经常这么叫我：我的孩子。

汽车发动了，这时卡卡尔叔叔才走了出来，和茜塔拉阿姨一起跟我挥手告别。贾斯兰阿姨踩下油门，仿佛一只捍卫猎物的老虎，不让任何人靠近。

我靠在后排座椅的靠背上，试图放松，对自己说：“贾斯兰阿姨是家人，没事的。”

“这是我的司机，”贾斯兰阿姨指着坐在她旁边的男孩说，“我教他开车。”

男孩从后视镜里对我笑了笑，我猜他应该不超过 16 岁。

“他很有才能，”当我伸手去找藏在后座下面的安全带时，贾斯兰阿姨说，“我在街上遇到了他，当时他给人擦鞋子，现在成了我的司机。”

我找到了安全带，可是完全拔不出来。

“方向，”阿姨对那个男孩说，接着又对我说，“他总是忘了打方向。”

我像个疯子似的拉安全带，结果毫无动静，一厘米也没有。

这时阿姨用印度语给出了指示，我没听懂，可能是在说：“轻轻地把脚提起来，松开车挡。”

我爸曾经在废弃的工厂空地上教我开车，我以每小时 30 公里的速度在一条宽宽的大路上行驶，周围一个人也没有，而这会儿是在印度。五辆汽车并排开在两条车道上，其中有卡车、挤满乘客的公共汽车、拖拉机、后座上捆着洗衣机的自行车、绑着水桶的自行车、载着家禽的自行车、普通的人力三轮车、装了马达的人力三轮车、乞丐、奶牛、骆驼、山羊，甚至还有一只大象。到处都是乱穿马路的女人和孩子，所有人都在按喇叭，而且还不止按一下，一按就按个不停。印度人买车要做的第一件事就是看车的喇叭灵不灵：嘟，嘟，嘟！

“刹车。”阿姨大叫起来。

我的身体飞向前方，脑袋撞在了前面的座位的头枕上。紧接着阿姨破口大骂起来，我竟然还全都听懂了，只是不知道她具体是在骂谁。是她教开车的男孩子，还是我们前面汽车的司机，又或者是我们左边的汽车司机，还是我们身边所有的汽车司机呢?

我想到了身边带着的二又八分之七的卷饼，得管我们这一路的饥饱，希望够吃。

“还远吗？”我问。

“就快到了。”贾斯兰阿姨说，“就是这交通情况不乐观。”

最后我们还是活着来到了加济阿巴德，新德里附近的一座小城。车子在一片现代住宅区里开了一圈，贾斯兰阿姨自豪地指着那些房子，说：“这里住的全是医生。”车子在一座白色的别墅前停了下来，然而我们并没有下车，阿姨让我拍张照，还说：“这样你就能让家里人看看我住在什么地方了。”

我从箱子里拿出了相机，在阿姨的唆使下拍了一连串别墅正面的照片。

接着我们就开向了另一个小区，相比之下，那里的房子没那么现代，不过还是很大。在还没有盖起房子的空地上，人们支起了帐篷，点起火煮起吃的来，几个光着身子的小孩在松软的沙子里跑来跑去。

汽车在一座房子前停了下来，房子还没盖完，最上面的一层还立着脚手架。

“我就住在这里。”贾斯兰阿姨说。

我们下了车，走向房子前面的围栏，一只狗从围栏后面跳了出来。阿姨打开围栏，摸着狗狗，欢快地叫着它的名字：“米涂，啊，米涂。”

我又得拍照，不是拍她和狗狗，而是挂在屋子前面的那个门牌，上面写着：“贾斯兰医生。”

“拍得好看吗？”

我让她看相机屏幕，贾斯兰阿姨戴上老花眼镜，大叫起来：“我的房子！我的门牌！”

来到屋子里，她带我好好参观了一圈，底楼是她的诊所，有一个等待室，还有一个研究室。书桌上摆着一个听筒，积了一层厚厚的灰。椅子上也全都是沙子。

贾斯兰阿姨说：“我退休了，清洁女工逃跑了。”

她的骄傲之情仿佛一道特别的入口，我们一起穿过走廊，以前她的病人都得先经过这里，才能进入诊所。我就跟一个参观博物馆的人似的，而这座博物馆只会开一次门。我的脚步在地板的灰尘上留下了一片痕迹。

到了二楼，空中飘来了一股饭菜的味道。那里的房间都很宽敞，没几件家具，有的房间还是空的。

“我的房子很大吧。”阿姨说，眼里闪着的光跟我妈当年盯着湖面的眼神一模一样。

楼上还有一层，还没完工，窗户都还没装上玻璃，墙还得粉刷，都处都是水泥袋子。

贾斯兰阿姨打开了一个塞满工具的柜子，说：“这些都让我收了起来，他们可得好好学呢。”

我点了点头，完全可以想象那些个糟心事，想起了我妈跟工人吵过的无数个架，还有她总能找出的一两处不满意的地方，要不就是因为施工而造成的问题。我还记得黑工雷欧，那时候来我家修楼上的第二个浴室。修完浴室，我们家的客厅就漏起水来。

“下雨了。”约翰在楼上洗澡的时候，阿什瓦德说。

我妈一边拖地，一边骂自己：“我早就应该想到的，光听他的名字就应该想到的。”

第二天漏水的地方就被修好了，然而黑工的工钱也泡汤了。

“这都是因为漏水造成的，”我妈指着一堆录影带，说，“全都坏了！”

雷欧看着那些录影带，问：“这些录影带不是早就坏了吗？”

“就这些录影带，本来可以给好多印度家庭带来无数的快乐。”我妈大声嚷嚷起来，接着走向厨房，用她惯用的方式把黑工雷欧骂了出去。

最后我爸还是把钱给了雷欧，就跟他把钱给其他来家里帮忙的工人一样。他始终穿梭于我妈和粉刷工、水管工人、木匠和包工头之间，就连法庭也不例外。花在这上面的时间，本来全都可以用在研究前列腺上。

贾斯兰阿姨身边没有我爸那样的人，得孤军奋战，没有调解，也没有偷付的工钱。她做什么事都带着一股自豪感，坚硬无比。她不会对暗算她或者欺骗她的包工头低头，这样下去，那座漂亮的房子怕是永远不会完工了。

参观完之后，我们来到客厅喝茶。贾斯兰阿姨问："你觉得哪里好啊？是我这里还是茜塔拉阿姨那里？"幸好她自己回答起这个问题来，"住在这里比那里好多了，简直就是君王的生活。"说到这里，眼睛还泛起光来。她的过去已经离如今的生活非常遥远，比我妈的更遥远。

我小心翼翼地问她从前的事，那是历史中的一块黑斑。

"你问这个是为了你的书吗？"贾斯兰阿姨说。

"也许吧。"

"你妈很生气，整夜睡不着觉，说你把她写得很可笑。"

"这是虚构的小说。"

贾斯兰阿姨盯着我看了好久，才说："要是你敢写我，我就杀了你。"

我点了点头，知道等待着我的将是什么——遗臭万年。

阿姨开始给我讲过去的事，故事的开头完全是一部闹剧。我妈的爸爸的爸爸是个警察，负责在监狱里检查地里挖出来的证据。据说他要到很深的洞里去，所以得弯下腰，脱掉衣服，直到第二天才被人们救回地面，可还是太晚了。于是家庭的重担就落到了大儿子身上，小小年纪就开始在印度邮局工作，很快升了职。外公跟外婆的婚姻是家里人撮合而成的，不过两人过得倒是很幸福，生了十个孩子：两个儿子，八个女儿。贾斯兰阿姨说："你妈出生的时候下雪了，这是我最早的记忆之一，没过多久我们就得逃出巴基斯坦，那时候印度人被蹂躏、杀害。几百万人丢下了自己的家、用惯了的物品，还有宠物。我们一家先来到了克什米尔，一到那儿战争就爆发了，又得逃命，不断地忍受饥饿。大家都非常害怕，满满几火车的印度人全都被残杀了。我们当时是运气好，真的是运气好，全家人——爸爸妈妈、哥哥姐姐们全都来到了阿格拉。”

这么看来，我妈不是印度人，而是巴基斯坦人。

贾斯兰阿姨拿出了几张他们在阿格拉住的房子的照片，指着一个长头发的女孩子说：“这是你妈妈。”

“我妈小时候是什么样的啊？”

“跟现在一样。”贾斯兰阿姨说，“有时候爸爸会给我们零花钱，你妈从来不用。要是茜塔拉阿姨跟你妈借钱去买点好吃的，她还会算上利息，借钱的可是她的亲姐姐啊。”

阿格拉的房子仍然是我妈一家的财产，现在普斯波拉特阿姨住在那里，她是在世的兄弟姐妹中年龄最大的。贾斯兰阿姨也有东西存放在那里。

“我什么东西都没带就把家搬到了加济阿巴德。”贾斯兰阿姨说。

我点了点头，想，应该是运输费用太高的缘故吧。

贾斯兰阿姨站了起来，说：“我们一起去遛米涂吧。”

到了外面，贾斯兰阿姨拿出一根毛毛糙糙的绳子，绑在了米涂的脖子上，我们在小区里散起步来。我伸手去搀贾斯兰阿姨，她很快就把手松开了。她总是无法轻易接受别人的好意。

我们来到一座小公园前，阿姨盯着入口处的墙，说："这里有条裂缝。"说完便跟米涂消失在那座墙后面的房子里。过了一会儿，阿姨跟一个手里拿着刷子的男人走了出来，叫他修补墙上的裂缝，男人盯着裂缝，一副不情愿的样子。

"这是为什么啊？"男人嘟囔起来。

"为什么？"阿姨重复起他的话来，脱下了左脚上的鞋子，一边拍墙，一边大吼，"因为这个！因为这个！"

男人满怀"兴趣"地盯着墙面，跟贾斯兰阿姨保证会把墙修好的。

当我们走进公园里，阿姨又对花园工人指指点点，说杂草太多了，让工人用心工作，不然的话她就要给市政府打电话了。

没人逃得过贾斯兰阿姨的火眼金睛，每一分每一毫，什么大小毛病都不放过。

我们来到阿姨的司机前一天买香蕉的水果摊前，她便开始抱怨香蕉的价钱，大声说道："两个香蕉你就要卖五个卢比，简直就是坑人。"

卖香蕉的人躲到了摊位下面，要是有人跟我说阿姨的口袋里藏着擀面杖，我一点也不会感到吃惊。

"你要是个男人就给我出来！"阿姨说。

卖香蕉的人一动不动，躲在摊位下面安慰贾斯兰阿姨，然而阿姨越说越气，还开始威胁起来："我要把你的香蕉都拿走，以前我在铁饼界可是无人能敌的！"

直到卖香蕉的人把两根香蕉免费送给阿姨，她才冷静下来，这场架足足持续了一个小时。

我完全没了力气，无法再承受任何冲突。米涂不知疲倦地在它的主人身边转来转去，它应该是唯一能忍受贾斯兰阿姨的生物吧。

"5 个卢比买四个香蕉应该是不错的。"我们一边往前走，阿姨一边满意地说。

我的肚子突然感觉到一阵刺痛，一开始我以为是在贾斯兰阿姨家吃多了辣的，然而回到那座大房子里，我并没有生病。我不知道这疼痛从何而来，是想家了吗？想我那七个月大还在意大利的儿子了吗？

阿姨坐在床上，看着电视上播放的电影。电视机在我阿姨眼里可比男人好多了。我在她的旁边坐了下来，看着她的脸，看见了她的眼睛下面的黑色的斑点，她的脸上也有绒毛，一阵悲伤向我袭来。那一刻，我仿佛看见了我妈，一个没有我爸在身边，没有孩子的孤单女人，住在一座还没有完工的房子里。那没完没了的骄傲，让她越陷越深，没人能给她解决那些深陷其中的问题。

将来谁会来照顾她呢？要是她自己不能再梳头了，谁会来帮她梳那头银发呢？

茜塔拉阿姨告诉我，贾斯兰阿姨的生命里曾经有那么一个男人，到谈婚论嫁，两家人也都商量好了，然而贾斯兰阿姨觉得她父亲给的嫁妆太少了，只有 4 万卢比，而她想要至少 10 万。就这样，婚约被解除了，她见谁就跟谁吵架，直到现在还一直单着。

我想要拥抱她，双臂牢牢地抱住她。她很像我妈，却比我妈还难相处。

两天后，我们开车来到新德里，贾斯兰阿姨带我去月光集市，在汽车里大声嚷嚷道："我们一起去血拼。"我牢牢抓住车窗上面的把手，再没有什么比新德里的交通更危险的东西了。路旁边的交通牌警示着人们有可能会发生的交通意外。阿姨不停地指示开车的男孩。我问她为什么不自己开车，她说她没有驾照。

"是过期了吗？"我问。看来我这半个印度人，还真的很单纯。

"不是，"贾斯兰阿姨说，"我有司机，要驾照干吗？"

我妈都有了打折卡，又为什么要有那张残疾人看护卡呢?

车子停下来的时候，有个小男孩站在车外，在车窗上敲了起来。他用呼啦圈玩了个戏法，想要跟我们要钱。他妈妈坐在他身后的草地里，正在给一个宝宝喂奶，做出宝宝很饿的手势。我正要从钱包里掏钱，把钱给那个小男孩时，车子再次开动了。我回头从后车窗里看着那个抱着宝宝的妈妈，想要下车，就算只能改变他们生活中的一天也是好的。在这一天里没有饥饿，没有口渴，也没有贫穷。然而这样的场景四处可见，光着脚的小孩，抱着刚出生的宝宝的年轻妈妈。除了身体，他们别无所有，我妈是多么想要用我们丢掉的东西来给他们带来幸福啊！这是她的另一个梦想，只可惜一个梦想都没有实现过。

“这里是德里红堡。”阿姨一边说，一边指着右边。

我看着红色的砖头堆起来的高高的墙，入口处挤满了游客。我们继续往前开，贾斯兰阿姨既没有折扣卡，也没有残疾人看护卡。

我拿出旅行册子，看着错过的景点：绿色的花园，大理石浴缸，被英军一抢而空的彩色的宫殿。

“停。”贾斯兰阿姨大叫一声，我们来到了大市场，一条长长的通道，道上的每一平方米都被利用了起来。装货卸货就在马路中间，各种车辆横冲直撞，有的车竟然背道而驰。就在这一片混乱中，我的阿姨竟然找到了一个停车位。

“倒车。”阿姨对司机说。

我回头往后看，看见了两辆人力三轮车，司机也从后视镜里看见了他们，不过在贾斯兰阿姨的鼓励下，还是一个劲儿地倒车。

人力三轮车的司机往后退了一点，已经退到头了，打着手势示意起来。

阿姨打开窗户，大叫起来，叫人力三轮车继续往后退，结果他们还真往后退了，就这样车子的后半截也有了停车位。结果停车位还是太小，不过我们还能继续往后，只要卖拖鞋和袜子的小摊能腾出一点位子来。贾斯兰阿姨又冲着窗外嚷嚷起来，小摊的摊主抱怨着往后挪了挪，打算另找地方，看来印度也是一个充满了可能的国家。

"正好停在门口。"贾斯兰阿姨下车的时候满意地说。

我们走进了大市场，里面一股香料的味道，是我妈用来煮饭的香料。每来到一个摊位前，阿姨就会停下脚步。问完价钱后，就仿佛受了什么羞辱似的走开了。

"全都是骗子，"贾斯兰阿姨对我说，"骗人的。"

直到第七个商店出现在我们面前，店主报出各种香料的价钱时，阿姨不停地点头，然后会报出另一个价钱，这时店主的脸上出现了深深的皱纹，很深的凹陷。有那么一会儿，我担心阿姨会命令我坐到一堆茴香上，直到卖家妥协才能站起来，好在他们很快就达成了协议。

"他们都认识我。"贾斯兰阿姨一边说，一边握起了拳头。

接着我们又来到了另一家店里，买了 5 公斤大米，由我负责扛着。

"这里不管什么东西都比加拿大便宜。"阿姨大叫起来。

加拿大?

"你妈打电话来了，列了一张好长的单子，全都是要买的东西。"

我们把大米和香料放进了车里，接着又去了另外一个大市场。贾斯兰阿姨在一家卖浴室厕所用品的店前面停了下来，我的眼神落到了一堆长方形的红色的盒子上：超清新牙膏。就是这个牙膏把我从我妈的乳头上赶走了，后来我还用这个牙膏刷牙来着，一刷就是一个童年。我们得买好多管牙膏运到荷兰去。阿姨问店里有多少存货。

就跟邓同超市开门的最后一天我妈拎着袋子来来回回地穿梭于超市和家之间一样，我不停地穿梭于汽车和不同的商店之间。汽车的后备箱里塞满了东西，比如厕纸、剃须香皂、锅、盘子，还有杯垫。在印度东西总是在打折。

最后我们还买了两个箱子，贾斯兰阿姨说："要不然带这么多东西飞回荷兰该麻烦坏了，你妈是从来不会嫌箱子多的。"

我点了点头。

* * *

第二天"绑架"终于要谢幕了，贾斯兰阿姨把我送回了诺伊达。"怎么样？我让他挨饿了吗？"这是她见到茜塔拉阿姨说的第一句话。

茜塔拉阿姨把我抱进了怀里，我完完整整地回来了。

"连杯茶都没有吗？"贾斯兰阿姨问，这时我的肚子又疼了起来。

茜塔拉阿姨松开了手臂，放开了我，走向厨房，拿起一个锅，准备烧水。

没多久，我就坐在了我妈的温柔版和强悍版之间，拿着银行的杯子沉默地喝起茶来。

浴室的门关着，茜塔拉阿姨说："你叔叔在洗澡。"说完就笑了。

我喝完茶，就跟司机一起"卸货"。这么多东西，到荷兰开一家超市都不是问题。就这样，我的房间里堆满了箱子和袋子。

分别的时刻到来了，我们来到了屋外，站在暖暖的太阳下面。贾斯兰阿姨要跟我握手，我却把她一下子拉了过来，拥抱了她，紧紧地贴着彼此。她试图反抗，脑袋撞在了我的胸上，融化了，屈服了，紧紧地抓住我。结果事实并非如此，她做不到。贾斯兰阿姨从我的手臂里逃出去，上了车，我问自己还会不会再见到她。

我住在茜塔拉阿姨家的日子靠近了尾声，每天都是艳阳高照。我跟茜塔拉阿姨和卡卡尔叔叔一起冥想，在日出的陪伴下一起散步，听他们给我讲故事。我的脑海中对这次访问的记忆不可以变成云烟。

终于到了我要离开的那一刻。出租车停在门前，卡卡尔叔叔帮我提箱子，总共四个，都很沉。他拥抱了我，祝我旅途愉快，不打算送我去机场。茜塔拉阿姨眼里噙着泪花，张开手臂拥抱了我，紧紧地抱住我，在我脸上亲了一下。

"我得走了，"我轻声说，"得回家了。"

茜塔拉阿姨没有半点想松开我的意思。

值机柜台上面的荧幕上显示着阿姆斯特丹。我把行李放到传送带上的时候，心都快跳到嗓子眼了。然而工作人员并没有叹气，竟然看着我微笑，在印度，“超重”这个概念是不存在的。行李箱一个接着一个滑进了印度国际机场的“肚子”里，我走向海关关口，一秒钟也没有延误。

再过一个月我爸要去荷兰开会，他只带着一个装着牙刷的洗漱包和一篇关于前列腺癌的文章，那是因为他得把所有在印度买的东西带回加拿大去，满满两个箱子。

有了我爸，我妈哪里用得着雇搬运公司呢?

到了值机柜台，我爸会因为新的行李规定被拦下来，要把箱子里的几样东西转移到包里去。然而这并没有帮上什么忙，在万分绝望之下，我爸不得不把一部分行李塞进他的外套里。于是他来到洗手间，把耳朵上的头发梳好，试图把10公斤牙膏成功带出境。

在意大利

In Italië

从这里飞到那里，从新德里飞到阿姆斯特丹再飞到博尔扎诺。此刻，我的儿子正瞪着惊奇的小眼睛看着我，而我见他的时间并不多。我们住在两个国家，我的女朋友和儿子住在意大利，而我住在荷兰。其实还挺难的。

“那个。”我儿子指着一支笔说，在他的世界里，大多数东西都还没有具体的名字。

我试着去亲他，然而那三天没刮的胡子很扎人。只见他摇起头来，不想被我亲。

“那个。”他又说。

“笔。”我说。

他的眼睛笑了起来，语言披在万物之上的一层闪光的纱，宛如一层白雪，不用过多久，世间万物就全都掩盖在白雪之下。

掩盖发生得悄无声息，自然而然，连风都不用刮。我们只须坐在那里，就会被掩盖起来。每个字就是一片雪花。我没有别的办法，虽然我知道是时候讲一些关于我自己的故事了，也是时候脱下外套，把鞋子放在走廊里。

“爸爸。”我的儿子叫起来，这个词仿佛雪花一般落在了我的身上。

“别怕，”我轻声说，“我们不用躲起来。”

他闻起来甜甜的，有股甘菊的香味，似乎还有母乳的味道。临睡前还喝了妈妈的奶，比我当时断奶晚了一个月，也许我应该带一管牙膏来意大利。然而我并没有带牙膏，而是给他买了木头做的小象。可是他不喜欢小动物，把它们推倒了。

“那个。”说着他又指向那支笔，从我的腿上滑了下去，走向那支笔。笔放在一个柜子上，他试图伸手去够，却够不着，踮起脚仿佛在跳舞。这场景看上去很好笑，一个小凡德奎斯特扭着僵硬的臀部。

我走过去，把他抱了起来。他伸手去抓那支笔，脸上出现了一条蓝线。看见他把笔塞进嘴里，我把笔从他手里夺了过来。他的脸皱成了一团，哭了起来，大叫道：“妈妈，妈妈，妈妈，妈妈。”一场词语的暴风雪刮了起来。

妈妈把他抱进了怀里，安抚着他。他不再哭了，又笑了起来。

“那个。”他指着我右手里的笔，对妈妈说，“那个。”

“快给他写点什么。”

我想到了童话中的句子：“没错！我欠您一页故事，我的小陛下。”

这本书的最后一页是写给我的儿子的，我的第一个孩子，我的骄傲。

我把手举到空中，用笔写了起来：“一生中你即使留在同一个地方，也能经历世间万物。一切都取决于你的好奇心和敏锐的视觉。”

“你写什么呢？”

“是康斯坦丁·帕乌斯托夫斯基的作品。”接着我在儿子的耳边继续轻声说道，“仔细看的人，能看到那些别人看不到的东西。”这时你突然瞪大了眼睛，仿佛有话要说。

“不要用别人的语句，”妈妈说，“要你自己写的。”

“千万别跟印度女人结婚。”我又在空中写了起来，然而又立刻吹散了句子里的辞藻。

你转过头，看着外面，太阳升了起来。你并不想听那些至理名言，而要自己去发现这个世界。

为了吸引你的注意力，我拿着笔疯狂地写起来，宛如弯弯曲曲的长龙。写到一半，你看着我手中挥舞的笔：“坐电梯下去，去机场。没有箱子，也没有擀面杖。所有人都看见了你，阿什瓦德、约翰、我爸，所有人，除了我妈。她从来没有抱过你，也从来没给你唱过歌。‘月儿明，风儿静，树叶儿遮窗棂啊’，一首关于月亮的摇篮曲。我就只会这几句，因为除了骂人的话，其他的印度语我几乎都听不懂。”

你的额头上出现了一道皱纹，我知道这不正常。

“她上了飞机，飞过了一大片海洋，她打呼噜的声音很大，飞行员还以为是飞机的马达出了问题。然而飞机并没有坠毁，在意大利安全降落后，你的奶奶就搭火车来到了博尔扎诺。她一路从火车站走到我们家，因为打车太贵了。”

你着迷般地看着我，仿佛能看见我写下的词句。出租车司机锁上了车门，飞快地关上了窗户。

“这时你的奶奶来到了我们家门前，按响了门铃。”

“哦。”你的嘴巴呈现出一个圆形，眼神突然僵硬起来，一副随时可能大哭大叫的架势。

“别怕，”我写道，“我们不用躲起来。”

我们走向大门，你走在前面，想去拉门把手，把门打开。那时候，你刚好能够到门把手。有时候你把门打开，我出现在门前。有时候什么人也没有。此刻你打开门，用好奇、充满期望的眼神看着门缝。

老妈的人生格言

免费的总是好的。

在印度用这两个箱子能买下一整座城市了！

你爸穷得就跟新德里的老鼠一样。

你爸就是个聋子，只听得见他自己想听到的东西。

不要把别人的话当回事。

肚子里装着尿就赢不了比赛了。

旅行路上要买东西的人，都是没活明白的人。

抽烟很危险，能把人抽死。

强盗是不会看床底下的。

你就得听你老妈的话。

图书在版编目（CIP）数据

老妈的旅行箱 /（荷）恩斯特・凡德奎斯特著；孙远译 . -- 上海：上海文艺出版社，2020.5
（读客外国小说文库）
ISBN 978-7-5321-7583-3

Ⅰ . ①老… Ⅱ . ①恩… ②孙… Ⅲ . ①长篇小说—荷兰—现代 Ⅳ . ① I563.45

中国版本图书馆 CIP 数据核字 (2020) 第 043538 号

责任编辑：秦　静
特邀编辑：高　洁　　王　品
封面插画：LISK FENG　陈艳丽
封面设计：陈艳丽

老妈的旅行箱
［荷］恩斯特・凡德奎斯特　著
孙远　译
上海文艺出版社出版、发行
地址：上海绍兴路7号
电子信箱：cslcm@publicl.sta.net.cn
网址：www.slcm.com
新華書店经销　北京中科印刷有限公司印刷
开本 890毫米×1270毫米　1/32　7印张　字数 128千字
2020年5月第1版　2020年5月第1次印刷
ISBN 978-7-5321-7583-3/I.6032
定价：36.00元

如有印刷、装订质量问题，
请致电010-87681002（免费更换，邮寄到付）